Jacek Inglot

Eri und das Ei des Drachen

Aus dem Polnischen von Karin Ehrhardt

Mit Illustrationen von Anita Graboś

WOOW BOOKS

Deutsche Erstausgabe
1. Auflage 2020

Aus dem Polnischen von Karin Ehrhardt
Die Originalausgabe erschien 2018 unter dem Titel *Eri i smok* bei Nasza Księgarnia, Warschau

Satz: Pinkuin Satz und Datentechnik, Berlin
Druck und Bindung: CPI books GmbH, Leck
ISBN 978-3-96177-054-0

www.woow-books.de
www.instagram.com/woowbooks_verlag

1. Mafaldas Hütte

Bei den meisten Dorfbewohnern hieß er einfach nur »der Wald«. Er nahm seinen Anfang hinter dem Dorf und endete weit weg am Fuß der Düsterberge. Wäre jemand mutig genug, ihn durchqueren zu wollen, hätte er viele Tage und Nächte wandern müssen, so groß war er. Aber die Leute fürchteten sich ohnehin vor der beklemmenden Dämmerung und dem seltsamen, fremden Flüstern, das einem ans Ohr drang, wenn man sich allzu tief ins Dickicht wagte. Die Alten sagten, der Wald sei schon immer so unheimlich gewesen, einige andere meinten, er sei erst so geworden, als Mafalda, die Flüsterin, in eine Waldhütte gezogen war. Mafalda war eine Wissende, und Wissenden trauten die Dörfler nie so recht über den Weg. Trotzdem nahmen sie die Dienste der guten Hexe gerne in Anspruch, denn sie konnte Nachtblindheit heilen, einen Bann brechen, lästige Krankheiten wegsprechen, ein Amulett gegen den bösen Blick machen und was sonst noch alles anfiel. Und so schickten die Dorfbewohner gerne Eri zu ihr, die kleine, mutige Tochter des Zimmermanns. Eri hatte noch nie Angst vor dem Wald gehabt. Sie fand nichts dabei, ins Halbdunkel seiner uralten, bemoosten Bäume einzutauchen. Und sie hatte überhaupt kein Problem damit, Mafalda in ihrer Hütte zu besuchen. Sie tat es sogar sehr gerne.

Das Mädchen war schon immer eher ein Sonderling gewesen, fanden die Leute. Schon allein deshalb, weil sie als Einzige im Dorf rote Haare hatte. Oft benahm sie sich auch sonderbar. Statt mit anderen Kindern zu spielen, träumte sie vor sich hin. Sie liebte Tiere über alles, und die Tiere schienen auch Eri zu lieben. Sie löcherte die Erwachsenen mit den merkwürdigsten Fragen und hörte aufmerksam zu, wenn Hanna, die alte Magd, die als junges Mädchen am Fürstenhof gedient hatte, von Gott und der Welt erzählte. Geschichten aus alten Zeiten und Legenden über Zauberer oder Drachenjäger waren Eri am liebsten. Dann saß sie da, ihre hellgrünen Augen weit aufgerissen, und saugte wissbegierig alles auf. Ganz besonders interessierte sie sich für Hexen, über die wollte sie einfach alles wissen, sodass Hanna eines Tages zu Eris Papa sagte: »Ich glaube, Eri könnte eine Wissende sein.« Stanis war darüber gar nicht begeistert. »Das kommt davon, dass sie immer zu Mafalda geht«, grummelte er. »Ich sollte es ihr einfach verbieten.« Er hatte aber keine Zeit, sich darum zu kümmern, denn es wurde schon Frühling, und er musste sich wieder auf den Weg machen, um Arbeit zu finden. Für einen Zimmermann gab es im Dorf nicht genug zu tun, also blieb Stanis im Winter zu Hause und wanderte das restliche Jahr über kreuz und quer durchs Land. Dabei kam er manchmal sogar bis in die fernen Nordlande.

Als der Vater dann wieder einmal in der Fremde unterwegs war, blieb Eri mit ihrer Mama und den beiden Brüdern zurück. Der ältere Bruder hieß Janis und der jüngere Micha, er war erst im letzten Herbst zur Welt gekommen. Ob Eris Mutter Hannas Verdacht teilte, war ihr nicht anzumerken. Sie hatte jedenfalls nicht vor, Eri die Besuche bei Mafalda zu verbieten. Einmal bekam Eri mit, wie ihre Mama zur alten Magd sagte: »Wenn das so sein soll, dann soll es eben so sein.« Hanna hatte genickt und daran gedacht, wie das Mädchen den für gewöhnlich störrischen Ziegenbock mit nur wenigen Worten mühelos zurück in seinen Stall gelockt hatte.

Eri wusste nicht, was eine Wissende war. Aber sie wusste, dass Mafalda eine gute Hexe war, die immer half, wenn man sie brauchte. Und die Menschen bedankten sich bei der Flüsterin, so gut sie konnten. Heute war der Korb, den Eri in den Wald trug, wieder bis zum Rand mit Leckereien gefüllt. Von der Frau des Dorfschmieds gab es ein Stück gesalzene Butter für das Wegmachen der Warzen ihres ältesten Sohnes, von Tessa, der Frau des Töpfers, einen Klumpen Käse mit Weinrautengeschmack, dafür, dass das Kalb wieder gesund wurde. Der Hirte Vitali legte einen Krug Schafsmilch bei, weil die Pfote seines Hundes mit Mafaldas Salbe im Nu wieder verheilte, und Midro, der reichste Bauer im Dorf, bedankte sich mit einem Stück über Wacholder geräuchertem Speck für die Behandlung seiner schlimmen Bauchkrämpfe. Aber das Beste, fand Eri, kam von ihrer Mama: ein riesiger Hefekuchen mit Mohn und Pflaumenmus, dafür, dass Mafalda den kleinen Micha aus höchster Not gerettet hatte.

Und das kam so: Vor drei Tagen wurde der Kleine, der schon den ganzen Tag lang nörgelig gewesen war und viel geweint hatte, am Abend auf einmal ganz rot und dann immer röter. Als Eri seine Stirn berührte, bekam sie einen riesigen Schreck, so heiß war sie. Die Mutter versuchte alles Mögliche, aber das Fieber ging einfach nicht weg. Sie rief ihre Nachbarinnen, die alte Magd Hanna und Duscha, die Frau des Schäfers, zu Hilfe. Hanna empfahl, das Kind über den Rauch von verbranntem Wermutkraut und Kamille zu halten. Duscha riet, Micha mit Kletteblättern zu belegen und danach in frisch gemolkener Kuhmilch zu baden. Nichts davon half. Micha ging es immer schlechter, und er weinte immer lauter. Dann sagte Hanna: »Hier kann nur noch Mafalda helfen.« Aber es war inzwischen Nacht geworden und so dunkel, dass die Mutter Eri nicht mehr in den Wald hinausschicken mochte. Janis wäre bestimmt gegangen, aber der war gerade mit einigen Hirten aus dem Dorf und ihren Schafherden auf den Weiden unterhalb der Düsterberge unterwegs.

Als die Verzweiflung groß war und keiner mehr weiterwusste, klopfte es an der Tür, und in der Stube stand plötzlich Mafalda in ihrem graubraunen Mantel. Unter der Kapuze guckten ihre langen rabenschwarzen Haare hervor. In der Hand hielt sie einen knorrigen Stab, von dessen Ende merkwürdig verknotete Bänder baumelten. Sie schob ihre Kapuze zurück, und ein junges Gesicht kam zum Vorschein, in dem lebhafte saphirblaue Augen leuchteten. Den Frauen, die sich händeringend um Micha drängten, warf sie einen strengen Blick zu.

»Geht zur Seite!«, befahl sie. »Eure Hausmittelchen helfen hier nicht weiter.«

Dann trat sie an die Wiege, beugte sich über den Kleinen und flüsterte leise, während sie seine fiebrige Stirn berührte. Aus dem Beutel, der an ihrem Gürtel hing, holte sie ein kleines grünes Fläschchen und träufelte etwas von dem dicken Sirup in Michas Mund. Fast im selben Augenblick hörte er auf zu weinen, und sein verkrampftes Gesicht glättete sich. Kurz darauf schlief er ein. Die Nachbarinnen nickten anerkennend.

»Du bist wirklich mächtig, Mafalda«, sagte Hanna bewundernd. »Ich bin sehr froh, dass du in unserem Wald wohnst.«

Mit einem Kopfnicken bedankte sich Mafalda für das Lob der alten Magd. Nachdem die Nachbarinnen in ihre Hütten zurückgekehrt waren, zog die Flüsterin Eris Mutter zur Seite. Die beiden Frauen unterhielten sich eine ganze Weile und blickten dabei immer wieder zu Eri hinüber, die leise summend ihren kleinen Bruder wiegte. Sie konnte nicht hören, worüber sie sprachen, aber die gute Hexe machte ein sehr ernstes Gesicht, und die Mutter wischte sich hin und wieder eine Träne aus dem Augenwinkel. Eri war verwirrt. Micha ging es doch wieder gut! Er schlief wie ein Engel, mit einem Finger im halb offenen Mund. Aber das Mädchen bekam keine Erklärung für die seltsame Stimmung, denn nachdem Mafalda sie noch lange und prüfend angesehen hatte, ging die Flüsterin grußlos in die Nacht hinaus.

Der kleine Micha war so schnell wieder gesund geworden, dass am nächsten Tag niemand mehr an sein Fieber dachte. Nur die Mutter sah traurig aus, vor allem, wenn ihr Blick auf Eri fiel. Zwei Tage später drückte sie dem Töchterchen den prall gefüllten Korb mit den Gaben für Mafalda in die Hand und schickte sie los. Eri betrat den Pfad, der in den Wald führte, und drehte sich am Waldrand noch einmal um. Die Mutter stand noch immer vor der Hütte und sah hinter Eri her, mit einer Hand schützte sie ihre Augen vor der Sonne. Weinte die Mutter etwa? Erst viel später würde Eri verstehen, warum.

Das Mädchen wanderte den zugewucherten Weg entlang, der sich zwischen uralten, dumpf rauschenden Eichen und Buchen schlängelte. Später führte er auch an vom Alter gekrümmten Akazienbäumen vorbei, die mit weißen Blüten übersät waren. Mafaldas Hütte stand auf einer kleinen Lichtung tief im Wald. Man konnte sie erst dann sehen, wenn man einen moosbewachsenen Steinhaufen passierte, der an einen buckligen alten Mann erinnerte.

Die Hütte der Hexe war uralt. Dichter Efeu kletterte über die rauen Holzbalken, und das Dach war mit Weidenzweigen und Grasbüscheln bedeckt, die durch Wind und Regen grau geworden waren. Die quietschende Tür hatte kein richtiges Schloss, sondern es gab innen und außen lediglich einen Holzscheit, den man durch eine Halterung schieben konnte, um sie zu verriegeln. Ganz früher wohnte hier Aglaia, eine weise Frau, die aus dem Dorf stammte. Nach ihrem Tod stand die Waldhütte lange leer, bis vor einigen Jahren – Eri war da schon auf der Welt – die Flüsterin Mafalda wie aus dem Nichts auftauchte und dort einzog.

Auf einem Baumstumpf vor der Hütte saß ein Gnom. Er hieß Frappel und war Mafaldas Türhüter und Helfer. Mit seinem braunen schrumpeligen Gesicht und den klugen schwarzen Knopfaugen sah er ein bisschen aus wie ein groß gewachsener Maulwurf. Eri musste lächeln, als sie vor dem Gnom

stehen blieb. Denn der runzelte seine kleine Nase, kratzte sein haariges Ohr und untersuchte das Arbeitsgerät in seiner Hand. Eine Holzklapper, mit der er die Hexe eigentlich über ankommende Besucher informierte. Aber gerade versuchte er vergeblich, der Klapper ein paar Geräusche zu entlocken. Bekümmert schüttelte Frappel den Kopf, griff in die Tasche seiner gelben Weste und zog ein kleines Klappmesser hervor.

»Ich werde mir wohl eine neue Holzklapper schnitzen müssen«, murmelte der Gnom. Eris Besuch schien ihn gar nicht zu verwundern. »Gut, dass du da bist. Mafalda wartet schon auf dich«, sagte er und zeigte auf die angelehnte Tür.

Drinnen roch es wie immer nach Minze und Thymian. An den Wänden und von der Decke hingen dicke Bündel getrockneter Kräuter, die Mafalda im Frühjahr mit Eris Hilfe gepflückt hatte. Die weise Frau stellte daraus Tränke und Salben gegen die verschiedenen Leiden und Wehwehchen der Dorfbewohner her. Die fertige Medizin wurde in Fläschchen und Gläser abgefüllt und auf den Regalen unter den Fenstern aufgereiht. Heute aber wuselte die Hausherrin nicht wie üblich um die Töpfe und Kessel auf ihrem riesigen Lehmherd herum. Sie stand über den großen Tisch gebeugt, der die Mitte der

Stube einnahm, und hielt ein merkwürdiges Ding in den Händen: eine schwarze, schuppige Kugel.

Es war keine Perle, das wusste Eri, denn eine solche hatte sie schon mal gesehen. Letztes Jahr im Sommer zog durch das Dorf ein Ritter mit seinen zwei Töchtern. Wunderschöne, fein gekleidete junge Damen. Beide trugen Halsketten aus Kugeln, schneeweiß und leuchtend, als hätte jemand in ihrem Inneren einen Strahl blasser Wintersonne eingefangen. Damals erklärte die Mutter dem verwunderten Mädchen, das seien Perlen, kostbare Juwelen aus dem Meer.

Das, was Mafalda in ihren Händen hielt, war anders. Vor allem war es groß, riesig sogar, und passte kaum zwischen die Handflächen der Hexe. Die Kugel leuchtete, aber nicht mit dem warmen Glanz der Sonne, sondern kalt wie ein Blitz in stürmischer Nacht. Das Mädchen starrte das schwarze Ding fasziniert an, während Mafalda es vorsichtig in einen tiefen Korb legte, der mit Lumpen, Wollknäueln und weichen Fellresten ausgekleidet war. Das sonst so fröhliche Gesicht der Hexe war unruhig, und ihre sonst glatte Stirn lag in Sorgenfalten. Mafalda warf Eri einen ernsten Blick zu.

»Schön, dass du da bist«, sagte sie zur Begrüßung. »Wir haben nicht viel Zeit. Sie werden bald hier sein.«

Eri verstand kein Wort. Wer wird da sein und warum? Sie traute sich nicht nachzufragen, aber sie sah genau, dass die Flüsterin sehr besorgt war.

»Weißt du, was das ist?«, fragte sie Eri und deutete auf die schwarze Kugel.

Eri schüttelte den Kopf. Sie starrte die Kugel an, die immer intensiver zu leuchten schien. Eri dachte, dass sich in ihrem Inneren soeben etwas bewegt hätte.

»Aber von Drachen hast du schon mal gehört?«

Jeder hat schon mal von Drachen gehört. Die alte Hanna erzählte den Kindern immer wieder Geschichten aus vergangenen Zeiten, als es noch so viele Drachen gab wie Sterne am Himmel. Es hieß, Drachen seien schon vor den ersten Menschen auf der Erde gewesen. Sie waren damals die Herrscher der Welt. Aber später, als immer mehr Menschen die Erde bewohnten, entbrannte ein Krieg. Die Menschen konnten ihn nur mit der Hilfe von Zauberern gewinnen, und die besiegten Drachen flogen übers Meer davon. Besonders gerne erzählte Hanna vom Ritter Tristan, einem tapferen Drachenjäger. Tristan liebte die schöne Prinzessin Baku, die von einem Drachen namens Dragomir entführt worden war und in einem fernen Land in einem Turmkerker gefangen gehalten wurde.

»Drachen gibt es schon lange nicht mehr«, sagte Eri.

»Ja, Drachen gibt es nicht mehr. So dachten wir wenigstens in der Festung der Vier Türme …«

Eri erzitterte unwillkürlich. Von der Festung der Vier Türme hatte Hanna auch mal gesprochen, wenn auch nur widerwillig. Dort versammelte sich der Hohe Rat der mächtigsten Zauberer der Welt. »Sie halten dort ihre geheimen Rituale ab, und je weniger wir kleinen Leute darüber wissen, desto besser ist es«, sagte Hanna damals in einem Tonfall, der das Thema beendete.

»… bis zu dem Tag«, fuhr Mafalda fort, »an dem ein alter Gnom auf der Suche nach wertvollen Bodenschätzen in den Höhlen der Düsterberge das hier gefunden hatte.« Mafalda zeigte auf die schwarz schimmernde Kugel. »Komm her, Eri. Du kannst es ruhig anfassen.«

Die Kugel war schuppig, aber die einzelnen Schuppen sahen spiegelglatt aus. Eri machte sich auf Kälte gefasst, wie bei einem Stein, aber als sie vorsichtig ihre Hand darauf legte, fühlte sie ganz im Gegenteil Wärme und ein leichtes Zittern. Das Schwarz hellte sich für einen Moment auf, als wäre im Inneren eine kleine Lampe angegangen, und wieder bewegte sich etwas. Eri beugte sich tiefer über den Korb, aber die Kugel wurde augenblicklich wieder dunkel wie die Nacht. Dem Mädchen wurde mulmig zumute.

»Der alte Gnom wusste sofort, was er da gefunden hatte«, setzte Mafalda ihre Geschichte fort, »und bekam es mit der Angst zu tun. Zuerst wollte er seinen Fund in den tiefsten Abgrund der Düsterberge werfen, aber dann hat er es sich anders überlegt und brachte ihn zur Festung der Vier Türme, um ihn dem Rat zu übergeben.«

Je länger Eri die Kugel ansah und je länger sie der Erzählung der Flüsterin lauschte, desto mehr verstand sie.

»Mafalda, willst du damit sagen, dass dies ein …«

Die gute Hexe seufzte schwer und sagte:

»Ja, Eri, der Gnom hatte ein Drachenei gefunden. Und du hast es gerade berührt.«

Das Mädchen quiekte erschrocken und sprang vom Korb weg. Auf einmal sah die schwarze Kugel noch viel gefährlicher aus als vorher.

»Der Hohe Rat der Vier Türme kam zusammen. Doch die Zauberer und Hexen konnten sich nicht einigen, was sie mit dieser unerwarteten und gefährlichen Gabe machen sollten. Einige wollten das Ei sofort ins Feuer werfen und es vernichten, andere wollten daraus besonders mächtige Amulette und Mixturen machen. Vor allem das Lebenselixier, denn wie du sicher weißt, können Drachen sehr, sehr alt werden. Aber am merkwürdigsten benahm sich ein mächtiger Zauberer mit dem Namen Widukind, der aus einem alten Magiergeschlecht stammte und dessen Vorfahren im Drachenkrieg gekämpft hatten. Zuerst sagte er kein Wort, aber dann, als die anderen sich immer lauter stritten, schlug er vor, eine Nacht darüber zu schlafen und erst am nächsten Tag eine Entscheidung zu treffen.«

Die Flüsterin unterbrach ihre Erzählung und streichelte sanft über das Ei. Sie schien überhaupt keine Angst davor zu haben.

»Ich war dort, Eri, und ich habe Widukind genau beobachtet. Während er sprach, bemerkte ich ein gieriges Blitzen in seinen Augen. Das gefiel mir ganz und gar nicht, und ich wusste sofort, was er vorhatte. Er wollte das Ei für sich allein!«

»Aber warum nur?«, rief Eri aus. »Was wollte er damit?«

Die gute Hexe gab keine Antwort. Sie richtete sich auf. Mit einem Finger über ihren Lippen lauschte sie beunruhigt auf die in die Hütte dringenden Geräusche. Jetzt hörte Eri es auch: ein fernes, durch den dichten Wald gedämpftes Heulen wie von einem Wolf.

»Sie kommen näher«, murmelte Mafalda, dann griff sie nach einer Dose, die auf dem Fensterbrett stand, und holte daraus eine Prise grauen Pulvers hervor, warf sie über ihre linke Schulter und flüsterte dabei ein paar Worte.

»Lassen wir sie mal ein bisschen länger durch den Wald irren«, sagte sie halblaut und setzte ihre Erzählung fort. »Widukind ging es nicht um ein Amulett oder das Lebenselixier. Er wusste, wie er das Drachenei noch besser nutzen könnte.«

Die Tür quietschte, und Frappel steckte seinen Kopf hinein. Seine Augen waren vor Schreck kugelrund.

»Mafalda, sie kommen!«, rief er mit ängstlicher Stimme.

»Ich weiß, mein Lieber«, sagte Mafalda beruhigend. »Ihr werdet gleich aufbrechen. Hol den Beutel, den ich für euch gepackt habe.«

Frappel nickte und huschte wieder nach draußen. Eri war jetzt sehr beunruhigt. Die Angst des Gnoms hatte sie angesteckt. Die Flüsterin warf eine zweite Prise Pulver hinter sich und fuhr fort: »Widukind wusste von einem Geheimnis des Drachenvolkes, das nur wenigen bekannt war. Wer einen Drachen schlüpfen sieht und ihm als Erster einen Namen gibt, könnte über ihn herrschen, denn der Drache würde ihm in allen Dingen gehorchen. Und du weißt ja aus den alten Legenden, wie gefährlich diese Wesen für die Menschen waren. Wer einen Drachen auf seiner

Seite hat, der kann die ganze Welt beherrschen. Und genau das will Widukind. Ich habe es in seinen Augen gelesen.«

Mafalda legte ihre Hand noch einmal vorsichtig auf das Ei. Dann deckte sie es mit den weichen Stofffetzen zu.

»Ich konnte es einfach nicht zulassen, dass dieser böse Zauberer den Drachen für seine Zwecke nutzt. Deswegen ging ich mitten in der Nacht in den großen Saal, wo das Drachenei von zwei Gnomen bewacht wurde, warf einen starken Schlafzauber über die Wachen und … nahm das Ei an mich. Gerade noch rechtzeitig! Als ich mich mit dem Ei aus dem Saal schlich, sah ich Widukind auf dem Weg dorthin. Offensichtlich hatte er die gleiche Idee, kam aber zu spät. Doch ich wusste, der Zauberer würde mich jagen … mich und das Drachenei. Lange bin ich durch die Welt gewandert, auf der Suche nach einem guten Versteck. Schließlich kam ich in euren Wald und zog in diese Hütte. Ich habe wirklich gehofft, Widukind würde mich hier, mitten im Nirgendwo und weit weg von den Vier Türmen, nicht finden. Leider, leider, liebe Eri, hat er es jetzt doch geschafft.«

In dem Augenblick erklang in der Wildnis draußen, gar nicht so weit weg, wieder ein anhaltendes

Wolfsgeheul. Es klang seltsam, nicht nach einem richtigen Wolf, sondern irgendwie metallisch pfeifend, wie aus einem Jagdhorn. Richtig unheimlich! Eri zitterte jetzt vor Angst und sah Mafalda fragend an, die sich jedoch nicht aus der Ruhe bringen ließ.

»Das sind Wacken, Widukinds Eisenwölfe«, erklärte sie. »Nach meiner Flucht aus den Vier Türmen hat er sie in die ganze Welt hinausgeschickt, um mich aufzuspüren. Und vor Kurzem sind sie dann in diesem Waldabschnitt aufgetaucht. Lange konnte ich sie mit meiner Magie aufhalten, aber es sind einfach zu viele, und Widukind ist ein sehr mächtiger Zauberer. Bald werden sie hier sein.«

Sie nahm den Korb mit dem Drachenei vom Tisch und überreichte ihn der verblüfften Eri. Obwohl das Drachenei ziemlich groß war, war der Korb doch erstaunlich leicht.

»Nimm das Ei, bring es aus dem Wald und danach immer weiter. Frappel wird dich führen. Ihr müsst zu meiner Schwester Wannafee. Sie ist auch eine gute Hexe und wird euch weiterhelfen. Wir müssen um jeden Preis verhindern, dass Widukind das Drachenei bekommt. Er weiß, dass er nicht mehr viel Zeit hat, denn der Drache wird bald schlüpfen.«

Eri war sprachlos und völlig durcheinander. Ihr Blick wanderte von Mafalda zu dem Korb in ihrer

Hand. Die Flüsterin schien gar nicht zu bemerken, was in Eri vorging.

»Aber ich ... ich kann doch nicht einfach weggehen!«, brachte Eri schließlich mühsam heraus. »Ich muss nach Hause, zu Mama und zu Micha ...«

Mafalda sah Eri ernst an.

»Deine Mama weiß Bescheid, dass du heute nicht nach Hause kommst.«

Frappel kam wieder in die Hütte. Auf dem Rücken trug er einen vollgepackten Rucksack, an dem ein Köcher voller Pfeile festgeschnallt war, und über der Schulter einen Bogen.

»Sie kommen immer näher!«, rief er aufgeregt. »Wir müssen jetzt sofort los, sonst ist es zu spät!«

Als Frappel sah, dass Eri immer noch wie angewurzelt in der Hütte stand, nahm er ihre Hand und zog sie mit sich über die Türschwelle. Draußen war es auf einmal so neblig, dass die Bäume am Rand der Lichtung kaum zu sehen waren. Doch Frappel wusste anscheinend, wo es langging, denn er lief unbeirrt ins Walddickicht, Eri immer noch fest an seiner Hand. Der magische Nebel, den Mafalda herbeigezaubert hatte, um die Flüchtenden vor den Augen der Eisenwölfe zu verbergen, waberte in dichten Schwaden durch die Bäume. Als Eri sich noch einmal umdrehte, sah sie schwarze Schatten um die

Hütte kreisen, die hier und da metallisch aufblitzten. Sie drückte den Korb fester an die Brust. In ihrem Kopf hörte sie immer noch Mafaldas Worte: *Wer einen Drachen schlüpfen sieht und ihm als Erster einen Namen gibt, könnte über ihn herrschen, denn der Drache würde ihm in allen Dingen gehorchen.*

2. Der Steinriese

Ein großer Eisenwolf stand regungslos auf dem Felsen und heulte den Mond an.

Sein kehliges, metallisch klingendes Geheul hallte durch den Wald, und die anderen Wacken jaulten ihre Antwort aus dem Dickicht. Als wären sie sich über etwas einig geworden, wandte der große Eisenwolf sich um und schien jetzt direkt auf den mit Geißblatt zugewucherten Haselnussstrauch zu blicken, in dem Eri und Frappel kauerten. Seine roten Augen leuchteten im Dunkeln wie glühende Kohlen. Das

Biest knirschte und ächzte bei jeder Bewegung. Aus seinem Rücken wuchsen statt Fell Metalldornen, die das Mondlicht matt zurückwarfen. Eris Herz schlug ihr bis zum Hals, und sie versuchte sich noch kleiner zu machen. Der Gnom legte warnend einen Finger auf seine Lippen und zog vorsichtig einen dicken Haselzweig heran, um sich und Eri besser vor dem feurigen Blick des Eisenwolfs zu verbergen. Doch gerade diese kleine Bewegung weckte die Aufmerksamkeit der Bestie, und sie sprang mit einem Riesensatz vom Felsen.

Erschrocken fasste Frappel Eri am Arm und zog sie tiefer ins Gebüsch. Als ein grüner Zweig dem Mädchen ins Gesicht peitschte, musste sie fest die Zähne zusammenbeißen, um nicht vor Schreck und Schmerz aufzuschreien. Sie drückte den Korb mit dem Ei enger an sich.

Der Eisenwolf schlich langsam heran und wartete lauernd. Im Wald wurde es schon dunkel, früher als sonst. *Das war bestimmt wieder Mafalda*, vermutete Eri. Der Eisenwolf wurde ungeduldig und umkreiste jetzt ihr Versteck auf der Suche nach seiner Beute. Sie konnten seinen pfeifenden Atem ganz deutlich hören, als er ihnen immer näher kam. Ab und zu schob er seine Schnauze durch die Zweige und schnappte ins Leere. Schließlich blieb er stehen und fing an, die

Zweige des Haselnussstrauchs mit seinen mächtigen Kiefern direkt über dem Waldboden zu packen und herauszureißen. Frappel rückte dichter zu Eri heran und zog sein kleines Messer aus der Hosentasche, dessen kurze Klinge im Mondschein aufblitzte.

Eri war verzweifelt. Frappel war tapfer und mutig, keine Frage, aber was konnte sein kleines Schnitzmesser gegen diese Bestie schon ausrichten? Der Eisenwolf riss methodisch einen Trieb nach dem anderen aus dem Waldboden und bahnte sich den Weg zu seiner Beute. Frappel atmete entschlossen aus und schob sich ein Stückchen nach vorn. Zwischen dem Laub konnten sie schon die roten Augen der Bestie erkennen. Nur noch ein paar Reißbewegungen, und der Eisenwolf würde sein Ziel erreicht haben. *Mafalda, hilf uns!*, dachte Eri, kniff die Augen zu und klammerte sich verzweifelt an den Korb.

Plötzlich erstarrte der Wacke in seiner Bewegung und lauschte. Entferntes Grunzen und Schmatzen drang vom Felsen her zu ihnen vor. Die Bestie zögerte einen Moment lang unsicher, dann machte sie kehrt und rannte lärmend in die Richtung der Geräusche davon. Verblüfft machte Eri die Augen auf.

»Wildschweine!«, flüsterte Frappel erleichtert. »Komm schnell, raus hier, bevor er zurückkommt!«

Frappel fasste Eri bei der Hand, und vorsichtig

krochen sie aus ihrem Versteck hervor. Der Gnom zeigte zum Felsen, von wo aus die beunruhigenden Geräusche kamen – das Quieken der Wildschweine und das wütende Schnappen des Eisenwolfs.

»Wacken können zwar sehr gut sehen und hören, aber ihr Geruchssinn ist miserabel«, erklärte Frappel flüsternd, während sie leise tiefer in den Wald eintauchten. »Hätte er uns riechen können, hätte er sich nicht von den Wildschweinen ablenken lassen.«

Das Blätterdach der Eichen und Ahorne ließ nicht einen Mondstrahl durch, aber Frappel führte sie völlig sicher über nur ihm bekannte Pfade durch das immer dunkler werdende Dickicht. Eri lief hinter ihm her, so schnell sie konnte, und hielt den Korb mit ihrem Schützling dabei ganz fest. Zwischendurch strich sie vorsichtig mit einer Hand über das Ei. Die Kugel war angenehm warm. Je weiter sie sich von dem Eisenwolf entfernten, desto mehr Angst fiel von Eri ab. In Sicherheit waren die beiden aber noch lange nicht. Alle paar Minuten blieb der Gnom stehen und lauschte in die Nacht, dann eilte er weiter, von Mal zu Mal schneller. Am Ende rannten sie so schnell, dass Eri kaum noch mithalten konnte.

»Er kommt näher und bringt die anderen Wacken mit. Das ist nicht gut, gar nicht gut«, sagte Frappel beunruhigt, als das schon bekannte metallische Heulen plötzlich wieder zu hören war.

Er sah sich schnell um. Zwar war es so dunkel, dass Eri kaum eine Hand vor Augen sehen konnte, aber dem Gnom schien die Dunkelheit nichts auszumachen. Die alte Hanna hatte einmal gesagt, dass Gnome und Zwerge im Dunkeln fast so gut sehen könnten wie Katzen. Jetzt merkte Eri, dass das stimmte. Zielsicher bog Frappel nach rechts ab. Eine Weile liefen sie durch einen dichten Hain voller junger Bäume, bevor sie schließlich eine kleine Lichtung erreichten, auf der ein großer Felshaufen lag. Er war zum Teil mit Moos überwuchert und riesig groß, größer noch als die prachtvolle Dorfhütte von Midro, dem reichen Bauern. Der Felsblock erinnerte an einen gebeugten alten Mann, der auf einer Bank ein Schläfchen hielt. Ein ganz ähnlicher Stein befand sich auch in der Nähe von Mafaldas Hütte.

Frappel trat zu dem Felshaufen vor und fing an, an der Stelle, die wie das Knie der schlafenden Steingestalt aussah, etwas Moos abzukratzen.

»Was machst du da?!«, rief Eri und sah ängstlich über ihre Schulter. »Lass uns weiterlaufen, die Eisenwölfe haben uns bald eingeholt!«

»Wir sind zu langsam«, antwortete der Gnom und ritzte irgendetwas in den von Moos befreiten Felsbrocken. »Ich muss ihn wecken«, sagte er leise vor sich hin, »das ist unsere einzige Hoffnung.«

Eri starrte den Gnom entsetzt an. Hatte er etwa den Verstand verloren? Sie hatte schon mal davon gehört, dass man wohl in Panik Dinge tat, die überhaupt keinen Sinn ergaben. Wenn Frappel jetzt wirklich durchdrehte, dann … Sie wollte gar nicht weiter darüber nachdenken.

Frappel ritzte und kratzte unbeirrt weiter und murmelte dabei vor sich hin. Nach und nach verbanden sich seine anfangs krakeligen Striche zu seltsamen Zeichen, die so ähnlich aussahen wie die Symbole, die Eri in Mafaldas Hütte gesehen hatte.

»Wir Gnome nennen diese Wesen Kamane oder Steinträumer«, sagte Frappel halb zu sich selbst, halb zu Eri und ritzte weiter. Der blanke Fels war jetzt mit komplizierten und für Eri unverständlichen Zeichen bedeckt. »Auch einige Legenden der Menschen erzählen von ihnen. Sie sind so alt wie die Welt. Irgendwann mussten sie jedoch anderen Lebewesen Platz machen: Gnomen, Drachen, Zwergen, Trollen, Menschen … Weil sie aber alles hassten, was nicht aus Stein war, wurden sie von höheren Mächten durch eine große Flut zum Aussterben verurteilt. Die feurige Lava, die durch ihre Adern floss, erkaltete, das Wasser löschte ihre flammenden Herzen, und die Steinträumer erstarrten zu Felsen und wachten nicht mehr auf. Die meisten liegen tief in der Erde vergraben oder endeten als Baumaterial für Häuser und Straßen, aber einige sind noch übrig. Vor allem in Wäldern, wo Menschen nicht so leicht hinkommen, kann man sie hier und da noch sehen.«

Eri konnte kaum glauben, was sie da hörte. Hanna hatte noch nie etwas von Kamanen erzählt. Aber vielleicht kannte die alte Magd diese Legenden auch nicht …

»Das muss reichen«, erklärte Frappel und richtete sich auf. »Wer etwas Magie im Blut hat, kann einen Steinträumer für eine kurze Zeit wieder zum Leben erwecken. Aber man muss sehr vorsichtig sein: Ein Kaman ist von Natur aus wild und grausam und greift jeden an, der nicht in seine Steinwelt hineinpasst.«

Das aus dem Wald dringende Heulen wurde immer lauter. Man konnte jetzt sogar hören, wie die schweren Pfoten der Eisenwölfe dumpf über den weichen Waldboden trampelten. Ein Schauer lief Eri über den Rücken.

»Aber du weißt, wie man diesen Steinträumer aufwecken kann, ja?«, fragte sie etwas ungläubig nach. »Und du bist auch sicher, dass er uns helfen wird?«

Der Gnom spitzte die Ohren und verzog sorgenvoll sein kleines Maulwurfsgesicht. Die durch das Walddickicht jagende Wolfsmeute ließ Boden und Bäume erzittern. Das näher kommende Donnern hörte sich an wie eine heranrollende Eisenlawine. Schnell kritzelte Frappel noch ein paar letzte Striche auf den Stein und sprang vom Felsen weg.

»Ja, Mafalda hat mir gezeigt, wie das geht!«, rief er und zeigte auf den gegenüberliegenden Rand der Lichtung. »Lauf in diese Richtung, so schnell du kannst, immer geradeaus bis zum Fluss. Ich komme gleich nach.«

Eri konnte einen schmalen Trampelpfad sehen, der tiefer in die Wildnis führte.

»Aber was ist mit dir?«, bohrte sie nach. Aus der Ferne blitzten schon die roten Augen der Eisenwölfe zwischen den Baumstämmen auf. Frappel sah sich nervös um.

»Geh jetzt, Eri! Mir wird schon nichts passieren«, versuchte er, das Mädchen zu beruhigen. »Ich muss nur den Zauberspruch aufsagen, und dann komme ich, versprochen! Lauf, Eri, sie kommen!«

Eri drehte sich um und rannte los, so schnell sie ihre Beine trugen, das Körbchen fest im Arm haltend. Der Boden bebte von dem ohrenbetäubenden Getrampel der Wacken. Als Eri den Waldweg erreicht hatte, blieb sie stehen und sah zurück. Frappel ging

Schritt für Schritt rückwärts in Eris Richtung. Seine rechte Hand war ausgestreckt, und er rief irgendetwas. Was genau, konnte Eri in dem Getöse nicht verstehen. Als die Eisenwölfe den Rand der Lichtung erreichten, geschah etwas Unglaubliches: Der Felsbrocken bewegte sich. Zuerst wackelte er hin und her, als wollte er sich aus der Umarmung der Erde befreien. Der Teil, der an den Oberkörper des gebeugten Mannes erinnerte, richtete sich merklich auf. Moos und Flechten rieselten herab, während der Steinträumer Stück für Stück nach oben wuchs und seinen unförmigen Kopf langsam nach rechts und links drehte. Mit weit geöffnetem Mund starrte Eri den steinernen Riesen an, der sich jetzt ganz aus der Erde befreit hatte und auf zwei langen, stämmigen Beinen stand. Er war kolossal, höher als die höchsten Bäume. In seinem unförmigen Kopf platzten auf Augenhöhe zwei Risse auf. Die Öffnungen füllten sich mit flüssigem Feuer und warfen rote Lichtstrahlen in die Nacht. Das Steinmonster hob seine rechte Pranke und schlug sich an die Brust. Dumpfes Dröhnen rollte durch den Wald. Alles verstummte. Die Eisenwölfe blieben wie angewurzelt stehen und versteckten sich ratlos hinter ihrem Anführer. Die Bestien sahen stumm zum Steinträumer hinauf, während der langsam seinen unförmigen Felskopf zu ihnen drehte.

»In den Wald! Jetzt sofort!«, hörte Eri ein drängendes Flüstern. Frappel war unbemerkt neben ihr erschienen. »Nichts wie weg, gleich ist hier die Hölle los!«

Eri ließ sich das nicht zweimal sagen. Der Gnom rannte vorneweg und wich geschickt den Hindernissen aus, hier einer Wurzel, dort einem Baumstumpf. Eri war dicht an seinen Fersen. Die spannungsgeladene Stille auf der Lichtung war zu ohrenbetäubendem Lärm geworden: Das Brüllen des Kamanen, das an einen tosenden Wasserfall erinnerte, vermischte sich mit dem Heulen der Wacken. Abbrechende Felsbrocken fielen polternd zu Boden, und Eisen wurde ächzend zermalmt.

Frappel blieb einen Moment stehen und hörte zu.

»Strohdumme Viecher!«, murmelte er und lächelte zufrieden. »Mit einem aufgeweckten Steinträumer kann man nur auf eine Art umgehen: Man muss einen großen Bogen um ihn machen.«

Auch Eri blieb stehen und schnappte erschöpft nach Luft. Nächtliches Rennen durch den Wald war doch ziemlich anstrengend. Außerdem schien der Korb mit dem Ei, der anfangs noch federleicht war, immer schwerer zu werden.

»Es ist nicht mehr weit«, tröstete Frappel sie, als er das Mädchen kurzatmig schnaufen sah. »Außerdem müssen wir nicht mehr so rasen. Die Wölfe sind fürs Erste gut beschäftigt.«

Eri stellte den Korb auf dem Waldboden ab und schaute nach, ob das Ei bequem in seinem Nest aus Lappen und Stoffresten lag. Dann musste sie an ihre Mama mit ihren sanften, klugen Augen denken, an Micha, der jetzt sicher seelenruhig in seiner Wiege schlief, an den Papa, der vor Wintereinbruch zu Hause sein würde, und an ihren großen Bruder Janis. Es fühlte sich an, als hätte jemand ihr kleines Herz ganz fest zusammengedrückt.

»Wohin gehen wir überhaupt?«, fragte sie den Gnom.

Frappel zeigte unbestimmt nach vorne. »Hörst du das? Das ist der Fluss, da müssen wir hin. Am Flussufer wartet ein verstecktes Boot auf uns, und dann geht's weiter.«

»Aber … ich möchte nach Hause zurück. Zu Mama, zu meinen Brüdern! Sie warten auf mich! Ich kann nicht einfach so weggehen …«

Frappel gab Eri den Korb wieder in die Arme und ging weiter. Weil sie nicht wusste, was sie sonst tun sollte, folgte sie ihm auf dem schmalen Trampelpfad.

»Du kannst noch nicht ins Dorf zurück«, sagte Frappel ernst. »Mafalda hat dir das Drachenei anvertraut, und du musst es hüten wie deinen Augapfel.

Wenn der kleine Drache in Widukinds Hände gerät, ist alles verloren. Die Eisenwölfe wissen jetzt, dass du das Ei hast, und werden dir überallhin folgen. Willst du sie wirklich in euer Dorf führen? Diese Biester kennen kein Mitleid. Das hast du doch selbst gesehen! Es fällt mir schwer, das zu sagen, aber je weiter wir uns vom Dorf entfernen, desto sicherer ist deine Familie. Nur so kannst du sie vor Widukinds Zorn schützen.«

Eri verstand, dass er recht hatte. Würde sie nach Hause zurückkehren, würde sie die Eisenwölfe dorthin locken und vielleicht sogar den Zauberer selbst. Traurigkeit und Sehnsucht legten sich erstickend über Eris Herz. Aus ihren Augen kullerten dicke Tränen. Würde sie wieder nach Hause gehen können?

Sie gingen weiter durch den Wald, als Frappel auf einmal scharf nach rechts abbog. Die Bäume waren hoch, standen aber nicht mehr so dicht beieinander. Im Hintergrund glitzerte Wasser im Mondschein. Die Kampfgeräusche von der Lichtung waren schon lange nicht mehr zu hören. Dafür waren die beiden Wanderer schon zu weit weg. Stattdessen hörten sie das leise Rauschen des fließenden Wassers. Nur noch ein paar Schritte, und sie waren am Ufer.

Der Fluss war hier so breit, dass die gegenüberliegende Seite mit ihrer dunklen Baumreihe nur undeutlich zu erkennen war. Frappel schaute sich aufmerksam um, unsicher, ob sie an der richtigen Stelle herausgekommen waren.

»Warte hier auf mich«, sagte er, »ich sehe mal nach dem Boot und komme dann zurück.«

In diesem Moment hörten sie einen dröhnenden Donner durch den Wald rollen. Eine Feuersäule stieg zum Himmel auf, die alles in ein gespenstisches Rot tauchte. Eri zuckte erschrocken zusammen und griff nach Frappels Hand. Der Gnom strich ihr beruhigend über den Arm.

»Das war der Kaman«, erklärte er. »Wenn er im Kampf nicht mehr weiterweiß, explodiert er und vernichtet damit sich selbst und seine Feinde gleich mit.«

Eri ließ ihn los und sah ihn verwundert an.

»Du hast das schon vorher gewusst, oder?«

»Na ja, ich nicht, aber Mafalda. Sie hat mir den Zauberspruch beigebracht«, antwortete er. »Aber da wir nicht wissen, ob noch Wacken übrig geblieben sind, sollten wir hier so schnell wie möglich verschwinden. Zum Glück können die Biester nicht schwimmen. Dafür sind sie zu schwer«, sagte Frappel und verschwand im Dickicht.

Die Nacht war fast vorbei, der Himmel wurde heller, und aus Schwarz wurde Grau. Eri setzte sich auf einen hohlen Baumstumpf und legte den Korb auf ihren Knien ab. Unendliche Müdigkeit überwältigte sie auf einmal. Sie machte die Augen zu und stellte sich ihr Zuhause vor: den Hof, die von ihr geliebten Tiere, ihre Mutter, die über den Backtrog gebeugt den Brotteig knetete, Micha, in seinen Windeln strampelnd, ihren großen Bruder Janis, wie er für sie eine Puppe schnitzte, und schließlich ihren Vater, der von seiner Wanderung zurückkam und breit lächelnd ein Geschenk für die Tochter aus der Tasche zog, eine rote Perlenkette … Heiße Tränen flossen von ganz alleine über Eris Gesicht, und sie fühlte wieder dieses Drücken in ihrer Brust.

Als sie ein leises Plätschern und dann ein Klopfen hörte, schüttelte sie ihre traurigen Gedanken ab und sah zu, wie Frappel ein Stückchen weiter mit einem kleinen Boot am Ufer anlegte.

»Das war eine gute Idee von Mafalda!«, rief er dem Mädchen vom Boot aus zu. »Wenn wir den Fluss nehmen, werden sie uns nicht so leicht finden können. Worauf wartest du noch? Spring rein!«

Eri wischte sich die Tränen weg.

»Ich wusste gar nicht, dass Heimweh so wehtun kann«, flüsterte sie.

Der Gnom sah sie traurig an.

»Ich weiß, Eri. Mir fehlt Mafalda auch …«

Frappel half ihr, auf der kleinen Bank in der Bootsspitze Platz zu nehmen, dann legte er mit einem schweren Seufzer vom Ufer ab. Eri stellte den Korb neben sich auf die Bank und sah nach dem Ei. Es kam ihr vor, als hätte sich in seinem Inneren etwas bewegt. Sie beugte sich über das Ei und flüsterte: »Hab keine Angst. Widukind wird dich nicht kriegen.«

Frappel tauchte die Paddel ins Wasser, und sie fuhren flussabwärts. Die Nacht war vorbei, und mit der Morgendämmerung brach ein sonniger Tag an.

3. Skratsch

Der Zauberer besuchte Eri im Traum.

Seine kleinen Augen, die von dicken Augenbrauen überwuchert waren, funkelten Eri böse an. Der Magier stand auf der Plattform eines steinernen Turms. Im Hintergrund ballten sich dunkle Wolken zusammen, und grelle Blitze erhellten den schwarzen Himmel. Dumpfes Donnergrollen begleitete seine Worte:

»Du kannst mir nicht entfliehen, kleine Eri«, zischte er wütend und rupfte wie irre an seinem dichten rabenschwarzen Bart. »Wo auch immer du hingehst, meine Wacken werden dich finden, und sei es am Ende der Welt. Glaubst du, dieser lächerliche Gnom kann dich beschützen? Merk dir eins: Keiner kann sich meiner Macht widersetzen. Gib mir das Ei, und ich werde dich verschonen. Gib mir meinen Drachen zurück, und du wirst überleben! Noch ist es nicht zu spät …«

Während er sprach, starrte er sie die ganze Zeit drohend aus seinen tief liegenden pechschwarzen Augen an. Eri war es, als würde dieser schreckliche Blick sie durchbohren wollen. Sie zuckte zusammen und wachte mit einem Schrei auf.

Frappel zog die Paddel ins Boot und strich Eri über die heiße Stirn. Sie hielt das Körbchen fest an sich geklammert, als wollte sie es vor einem unsichtbaren Feind verteidigen.

»Widukind! Er war bei mir, in meinem Traum!«, stieß sie entsetzt aus. »Er wollte das Ei haben und hat mir gedroht!«

Frappels Gesicht verdüsterte sich. Er kratzte sich nachdenklich am Kinn.

»Widukind ist wirklich mächtig, wenn er es geschafft hat, sich in deinen Traum zu stehlen«, sagte er beunruhigt. »Offensichtlich haben ein paar Eisenwölfe die Begegnung mit dem Kaman überlebt und ihm alles berichtet. Das ist nicht gut, und es macht unsere Flucht nicht leichter …«

Trotz seiner Sorge wollte er dem Mädchen Mut machen, daher strich er noch einmal über ihren Kopf und lächelte zuversichtlich, auch wenn es ihm schwerfiel.

»Er hat dir gedroht, weil er im Moment nichts anderes tun kann, als dir Angst einzujagen. Die Eisenwölfe haben unsere Spur verloren, und das wird auch eine Weile so bleiben. Ich werde alles dafür tun, dass sie uns nie mehr finden. Heute sind wir auf jeden Fall sicher. Sieh mal«, sagte Frappel und zeigte auf die Landschaft, die vor ihnen lag.

Die Sonne war jetzt ganz aufgegangen. Die beiden flach ins Land hineinragenden Flussufer gaben einen ungehinderten Blick in alle Richtungen frei. Die ausgedehnte grüne Ebene wurde hier und da von sanften Hügeln durchbrochen. Weit im Norden konnte man sogar die undeutlichen Umrisse einer Gebirgskette erkennen. Am grasigen Flussufer leuchteten fröhlich gelbe Sumpfdotterblumen, deren süßlicher Geruch bis zur Flussmitte vordrang. Eri drehte sich um und hoffte, in der Ferne wenigstens noch ein Stückchen des Waldes zu sehen, aus dem sie gekommen waren, dort, wo ihr geliebtes Zuhause war. »Den Wald haben wir gleich nach Tagesanbruch hinter uns gelassen«, sagte Frappel, als könnte er die Gedanken des Mädchens lesen. »Wir sind jetzt in Arkadien, dem Land der Schäfer.«

Eri nickte und blickte nach unten, um ihre aufsteigenden Tränen zu verbergen.

»Beim Trinken und Essen wird der Kummer vergessen!«, rief Frappel munter. »Wie wär's mit einem Frühstück?«

Als Eris Magen mit einem Knurren antwortete, merkte sie erst, wie hungrig sie war. Um diese Zeit wären sie zu Hause längst mit dem Frühstück fertig. »Ah, da, hinter dem großen Felsen, da machen wir Rast!«, rief Frappel zufrieden und griff nach den Paddeln.

Er lenkte das Boot geschickt zum linken Flussufer, hin zu der kleinen halbmondförmigen Bucht mit sauberem Sandstrand. Der Sand war übersät mit Treibholz, das das Wasser ans Ufer getragen hatte.

»Wunderbar! Jetzt können wir ein nettes Feuerchen machen«, freute sich Frappel und hopste aus dem Boot. Er packte die Bugspitze und zog das Boot mit einem Ruck an Land. Eri griff nach ihrem Korb und sprang hinterher. Endlich konnte sie ihre Beine ausstrecken, die von dem langen Sitzen auf der Bank ganz steif geworden waren. Frappel wuselte schon fleißig herum und sammelte bündelweise trockenes Holz. Als er genug zusammenhatte, holte er seinen Rucksack aus dem Boot und zog einen kleinen Kessel und verschiedene Päckchen und Säckchen daraus hervor. Dann klappte er sein Taschenmesser auf, sprang zwischen die Büsche und tauchte nach einer Weile mit drei stabilen Stöcken wieder auf. In Windeseile baute er daraus einen Dreifuß, an den er den mit Flusswasser gefüllten Eisenkessel hängte. Dann schlug er mit dem Feuerstein einige Male gegen das Eisen, bevor der Funke auf den Zunderschwamm übersprang. Die noch winzige Glut legte er vorsichtig in das trockene Grasbüschel unter dem aufgeschichteten Feuerholz, und bald darauf zeigten sich die ersten zögerlichen Flammen.

Jetzt kamen die Päckchen und Beutel an die Reihe, die der fleißige Gnom aus dem Rucksack geholt hatte: Trockengemüse, Räucherspeck, ein Stück Käse, Grütze und Brot. Mafalda hatte für die beiden Abenteurer gut vorgesorgt. Frappel fand noch ein flaches Stück Holz, das er im Fluss sauber wusch und zu einem Tisch verwandelte. Zuerst warf er den in Stücke geschnittenen Speck, dann die Möhrenscheibchen in den Kessel. Drei Tassen Grütze und eine Handvoll getrocknete Erbsen folgten. Das Feuer prasselte munter unter dem Kessel und brachte die Suppe zum Kochen. Durch die Luft zog ein köstlicher Duft, der Eri sofort das Wasser im Mund zusammenlaufen ließ.

»Du wirst sehen, Eri: Ein bisschen Suppe im Bauch, und die Welt sieht schon anders aus«, plapperte Frappel heiter und rührte mit einer kleinen Holzkelle durch den Kessel. »Dann geht's weiter, immer mit dem Strom flussabwärts.«

Eri setzte sich auf einen großen, im Sand halb vergrabenen Holzstamm und deckte das Drachenei vorsichtig mit den Stofffetzen zu. Als sie es mit ihren Fingerspitzen berührte, fühlte sie Wärme und Ruhe, so als ob das im Ei liegende Drachenbaby ohne eine einzige Sorge in der Welt friedlich schlief. Diese Ruhe übertrug sich auf das Mädchen.

»Wohin genau geht es denn weiter, Frappel?«, fragte sie.

Frappel kratzte sich nachdenklich mit dem Löffelstiel am Kopf.

»Wannafee wohnt in Lyria. Und Lyria grenzt an Arkadien. Wenn wir von hier aus zu Fuß weitergehen würden, immer in Richtung Norden, würden wir in vier, vielleicht fünf Tagen dort sein. Aber Widukind …«

»… kennt diesen Weg auch«, ergänzte Eri leise.

»Ja, leider.« Frappel rührte wieder in der Suppe herum. Der aufsteigende Geruch war jetzt fast unerträglich verführerisch. »Widukind hat genug Wacken, um sie in alle vier Himmelsrichtungen hinter uns herzuhetzen. Und die erste Meute ist bestimmt schon hier, in Arkadien. Hier gibt es nur große Grasflächen, keine Hindernisse, keine Verstecke – die Eisenwölfe würden uns im Nu einholen …«

»Das heißt, wir müssen einen anderen Weg nehmen.«

Der Gnom nickte ernst.

»Ja, der Fluss ist unsere einzige Chance.«

»Solltet ihr, liebe Reisende, auf dem Weg nach Schenn sein, wo es vor Waranen, Ogern, Trollen und anderen Scheusalen nur so wimmelt?«

Eri und Frappel zuckten zusammen, als hätte ihnen jemand ein brennendes Holzscheit über den Kopf gehauen. Eri wäre fast der Korb von den Knien geplumpst, und Frappel hätte beinahe den Suppenlöffel in den Kessel fallen lassen. Sie sahen sich erschrocken um. Die geheimnisvolle Stimme schien von dem Felsen am Ufer zu kommen. Der Gnom griff nach seinem Messer und wandte sich ihm kampfbereit zu, während er dem Mädchen gleichzeitig zu verstehen gab, zum Boot zu gehen.

»Zeig dich!«, rief er mutig.

Hinter dem Felsen hörten sie ein Scharren und ein Rascheln, und nach einer Weile kam das zur Stimme gehörende Wesen hervor. Das Männlein war keine zwei Ellen groß, trug eine grüne, geflickte Stoffweste, eine nicht minder verschlissene Hose, die früher wahrscheinlich mal gelb gewesen war, und an den Füßen mit Schnüren zusammengehaltene Sandalen. Es hatte ein rundes, allerdings etwas dünnes Gesicht, einen hellen, kurzen Bart und blaue, freundliche Augen. Eine rote, ausgebleichte Zipfelmütze krönte sein Erscheinungsbild.

»Puh, nur ein Zwerg.« Frappel seufzte erleichtert auf.

Der vermeintliche Zwerg antwortete mit saurer Miene: »Durchaus nicht, mein Herr. Ich bin ein Wichtel, ein ehrlicher, ehrenwerter Hauswichtel, und keineswegs irgendein Zwerg oder ein sonstiger Nichtsnutz!«

Der Wichtel ließ sich durch die kämpferische Pose des Gnoms nicht abschrecken, näherte sich der Feuerstelle und sog begierig den aus dem Kessel aufsteigenden Dampf ein. »Ich würde sagen, die Suppe ist fertig. Darf ich?«

Ohne eine Antwort abzuwarten, griff er nach der in Eile hingeworfenen Suppenkelle, füllte sie bis zum Rand, pustete einmal kräftig und führte sie

vorfreudig zum Mund. Dabei schmatzte er laut und schloss mit einem höchst zufriedenen Gesicht seine Augen.

»Für einen guten Eintopf führe ich euch sogar nach Schenn«, meinte er dann, nahm vorsichtig den Kessel vom Dreifuß ab und setzte ihn auf die Erde.

»Na, wo gibt's denn so was! Der Herr Wichtel fühlt sich schon ganz wie zu Hause«, sagte Frappel verärgert. »Hat dir überhaupt jemand erlaubt, davon zu probieren?«

Der Wichtel setzte eine beleidigte Miene auf und wollte schon wieder gehen. Aber Eri, die ihn genau beobachtet hatte, hatte Mitleid mit dem kleinen Mann. Er wirkte ganz friedlich und war sicher sehr hungrig. Was machte er überhaupt hier, mitten im Nirgendwo? Wichtel lebten normalerweise in der Nähe von Höfen und menschlichen Siedlungen. Sie schützten die Speisekammern vor Mäusen und die Häuser vor Dieben, und zum Lohn für ihre Dienste stellten ihnen die Hausherren Essen auf die Schwellen ihrer Häuser.

»Schäm dich, Frappel«, tadelte Eri den Gnom und stemmte ihre Fäuste in die Seiten. »Meine Mama sagt immer, wo es für zwei reicht, reicht es auch für drei. Seien Sie herzlich willkommen, Herr Wichtel.«

Der Gnom zuckte mit den Schultern, griff in den

Rucksack und zog daraus zwei Teller hervor, die er mit Suppe füllte. Einen davon gab er an Eri weiter und behielt den anderen für sich. Aber auch wenn Eri jetzt einen beißenden Hunger spürte, reichte sie ihren Teller an den Wichtel weiter, der jedoch höflich ablehnte.

»Vielen Dank, liebes Fräulein, aber ich habe mein eigenes Geschirr«, sagte er und zog aus einem Beutel, den er bei sich trug, einen Löffel und eine kleine Holzschüssel heraus und füllte sie ohne weiteres Zögern mit Suppe.

Die drei setzten sich ums Feuer und löffelten schweigend ihre Portionen. Im Kessel war noch genug Suppe für einen kräftigen Nachschlag übrig. Als Beilage – die Sonne stand inzwischen so hoch, dass ihre Mahlzeit jetzt mehr Mittagessen als Frühstück war – verteilte Frappel Käse und Brot und ließ diesmal auch den ungebetenen Gast nicht aus.

Nachdem der erste Hunger gestillt war, meldete sich der Wichtelmann zu Wort: »Tut mir leid, dass ich euch erschreckt habe. Das ist normalerweise nicht meine Art. Mein Name ist Skratsch, und ich bin ein Hauswichtel, na ja, ich war ein Hauswichtel …«, fügte er traurig hinzu. »Im Moment leider ohne feste Anstellung.«

»Was machst du hier in der Einöde?«, fragte Frappel

zwischen zwei Bissen. An seiner Miene konnte man sehen, dass er ihm immer noch nicht recht über den Weg traute. »Hauswichtel gehen doch normalerweise nicht auf Wanderschaft. Das liegt nicht in ihrer Natur.«

Skratsch verschlang gierig den Rest der Suppe und schob ein Stück Käse mit Brot hinterher.

»Wie recht Sie haben, Herr Gnom«, sprach Skratsch mit vollem Mund. »Wir mögen es nicht, durch die Welt zu ziehen. Was uns gefällt, sind volle Speicher und warme Hütten. Aber was kann ein armer Wichtel tun, wenn man ihn dazu zwingt? Sie haben gesagt ›Raus mit dir!‹, und da bin ich gegangen.«

»Ich wusste es!«, rief Frappel empört. »Du bist ein Faulpelz, ein Spitzbube! Wahrscheinlich hast du eine Speisekammer ausgeräumt …«

Eri schüttelte den Kopf und sah den kleinen Hitzkopf vorwurfsvoll an.

»Wie kannst du nur, Frappel! Du weißt doch gar nichts über unseren Gast. Lass ihn doch erst einmal seine Geschichte erzählen.«

Der Wichtelmann verbeugte sich tief vor dem Mädchen.

»Ich danke dir. Ich erzähle nicht gerne, was mir zugestoßen ist, weil mich die Erinnerung an mein letztes Zuhause immer noch traurig macht.« Skratsch rieb sich mit seinen kleinen Fäusten Tränen aus den Augenwinkeln. »Obwohl, wenn ich an Teofil denke, diesen Schuft, juckt es mich in den Fingern, nach einem größeren Messer zu greifen als das von Herrn Frappel hier.«

»Können wir mal zur Sache kommen?«, fragte Frappel ungeduldig und warf die letzten Käsekrümel aus der Hand in den Mund.

Ärgerlich sah er aber nicht mehr aus. Jetzt, wo sein kleiner Bauch gefüllt war, streckte er sich aus und rollte sich auf die Seite. Mit einer Hand stützte er seinen Kopf. Er lag nun bequem im Sand und betrachtete den Neuankömmling mit deutlich besserer Laune als vor der Mahlzeit. Auch Eris Magen war angenehm voll. Sie legte ihr Kinn auf dem Korbgriff ab und wartete neugierig auf die Fortsetzung der Geschichte.

»Erzählen Sie bitte weiter, Herr Wichtel«, bat sie ihn höflich.

Der Wichtelmann seufzte, griff nach seinem Beutel und holte daraus Tabak und eine kunstvoll gebogene Pfeife heraus. Mit einem brennenden Zweig, den er aus dem Feuer gezogen hatte, zündete er sie gemütlich an.

»Bevor es bergab ging, war ich ein wichtiger Wichtelmann. Ich hatte eine gute Anstellung in der Mühle des reichsten Mannes im Dorf. Kleon hieß er, und Genoveva war seine Frau. Den beiden hat es nie an etwas gefehlt, und mir auch nicht. Ich hatte immer reichlich Grütze, sogar mit Grieben. Mit Milch war Frau Genoveva auch nicht geizig, und manchmal gab es sogar ein Gläschen Wein. Richtig gut hatte ich es bei ihnen …«

»Dann wärst du wohl besser dageblieben, hinter dem warmen Ofen, statt dich herumzutreiben …«, grummelte der Gnom. Eri sah ihn strafend an.

Skratsch klopfte gemächlich seine Pfeife aus und starrte gedankenverloren vor sich hin.

»Ja, das war ein gutes Leben«, sagte er schließlich, halb zu sich selbst, und fuhr mit seiner Geschichte fort.

»Ich war immer sehr fleißig, ich passte auf den Speicher auf, verscheuchte die Mäuse. Auch auf die Kammer von Frau Genoveva habe ich gut achtgegeben, und in der ganzen Zeit ist vom Hausrat nicht ein Taschentuch und nicht ein Teelöffel weggekommen. Die Müller waren mit meiner Arbeit mehr als zufrieden. So ging ein Jahr nach dem anderen dahin, bis eines Tages die Ratten kamen. Keiner wusste, woher und wieso. Von Tag zu Tag gab es immer mehr von ihnen, und irgendwann wuchs mir die

Aufgabe über den Kopf. Den anderen Hauswichteln im Dorf erging es auch nicht besser. Jagte man die Tiere aus der Tür raus, kamen sie durchs Fenster wieder rein. Überall, wo sie einfielen, fraßen sie die Speisekammern und Speicher leer, bis auf das letzte Korn. Der Schaden im Dorf war riesengroß. Dann kam ein Bauer auf die Idee, Hilfe von außerhalb zu holen, und man ließ die Wanderzwerge kommen. Sie hatten keinen guten Ruf, aber die Lage war zum Verzweifeln. Die Ratten überrannten uns förmlich. Es kamen elf Zwerge und ein Wichtel namens Teofil, der dem Müller zugeteilt wurde und mir zur Hand gehen sollte. Wisst ihr, wie seine Hilfe aussah? Ich rannte Tag und Nacht hinter den Ratten her, und Teofil saß bei Frau Genoveva in der Küche, angeblich, um auf die Speisekammer aufzupassen, tat aber nichts anderes, als Schönwetter zu machen und zu prahlen. Damit, was für ein toller Wichtel er sei, ein Wichtel von Welt, der im Fürstenhof ein und aus ging und bei den Festen mit den Märchenerzählern, Spielleuten und Hofnarren per Du war. Er erzählte von den Hofdamen und von ihren prächtigen Gewändern und sagte, dass keine von ihnen so liebreizend gewesen sei wie Frau Genoveva. Die ganze Zeit schmeichelte er ihr, lobte ihre Schönheit und ausgezeichneten Manieren, während ich aus dem letzten Loch pfiff und gegen die Rattenplage ankämpfte. Und dieser Taugenichts von einem Höfling machte nicht einen Finger krumm! Er saß nur in der Küche und futterte Leckereien. Die Hausherrin hatte er so geschickt um den Finger gewickelt, dass er sich alles erlauben konnte. Ein paarmal habe ich mich bei Müller Kleon über den Faulenzer beschwert, aber Frau Genoveva nahm ihn immer in Schutz und sagte, er hätte mit der Bewachung der Speisekammer schon genug zu tun. Solange ich bei Kräften war, habe ich also allein versucht, die Ratten zu verjagen, aber eines Nachts ...«

Skratsch verstummte und fing an, sein Pfeifchen zu putzen, das ihm während der Geschichte ausgegangen war. Eri und Frappel warteten auf die Fortsetzung, aber der Wichtel schwieg hartnäckig weiter und pustete stattdessen irritierend gründlich das Pfeifenrohr durch.

»Ja, was denn nun?«, fragte schließlich Frappel, der die Spannung nicht mehr aushielt. »Hast du dir diesen miesen Faulenzer endlich zur Brust genommen und ihm gezeigt, wo es langgeht?«

Skratsch schüttelte den Kopf. Sein rundes, sonst so heiteres Gesicht, verzog sich, als hätte er in eine Zitrone gebissen.

»Wenn es nur so wäre ... Von dem ständigen

Kampf gegen die Ratten war ich irgendwann so müde, dass ich eines Abends … einfach eingeschlafen bin. Die höllischen Biester kamen nun ungehindert rein und fraßen den gesamten Speicher meines Herrn leer! Nicht ein Körnchen blieb übrig! Und ich … Und mich hat man …«

Skratsch senkte beschämt den Kopf, verbarg das Gesicht in seinen Händen und fing an, bitterlich zu schluchzen.

»Es gibt keine größere Schande für einen Hauswichtel, als so eine Katastrophe zuzulassen …«

Frappel, der aufmerksam zugehört hatte, stand auf, ging zu dem Wichtelmann und klopfte ihm mitfühlend auf die Schulter.

»Ist ja gut, ist ja gut«, murmelte er. »Das war nicht deine Schuld. Du konntest nichts dafür.«

»Das wollte ich meinen Herrschaften auch erklären, aber sie haben mir nicht geglaubt.« Skratsch hatte immer noch die Hände vor dem Gesicht. »Sie haben mich vom Hof gejagt. Habt ihr eine Ahnung, was das für einen Hauswichtel bedeutet?«

Wahrscheinlich nichts Gutes, so viel war Eri und Frappel beim Anblick des unglücklichen Wichtels klar. »Teofil, dieser Taugenichts, hat meinen Platz eingenommen«, sagte er schließlich und ließ seine Hände in den Schoß fallen. Seine Augen waren rot vom Weinen. »Ich wanderte, so weit mich meine Füße trugen. Am Anfang hatte ich mich mit den Zwergen zusammengetan, die mit Teofil ins Dorf gekommen waren, aber dann merkte ich, dass das alles Strolche und Betrüger waren. Sie ließen sich als Wachleute für Speicher und Lager anstellen, nur um die dann selbst auszuräumen. Pfui, sag ich da nur! Ich habe die Bande schnell wieder verlassen und versucht, neue Arbeit zu finden. Aber nach der Rattenplage waren die Zeiten hart geworden. Die Menschen hatten selbst nicht genug und wollten keine Wichtel mit durchfüttern. Schließlich wurde mir geraten, hierherzukommen, nach Arkadien. Und tatsächlich, hier, wo es Hirten und Schafe gibt, ist es leichter, satt zu werden. Es gibt reichlich Käse und Milch, aber Grütze ist eine andere Sache. Und ohne einen ordentlichen Teller Grütze kann ich nicht leben! Als ich so hinter dem Stein saß und hin und her überlegte, wie es weitergehen soll, habt ihr hier angelegt. Zuerst wollte ich mich gar nicht zeigen, aber als ich den köstlichen Duft roch, hab ich es nicht mehr ausgehalten!«

Eri musste über Skratschs ehrliches Geständnis schmunzeln, aber Frappel machte ein nachdenkliches Gesicht und zupfte gedankenverloren an seiner Lippe.

»Warst du schon mal in Schenn?«, fragte er plötzlich.

Der Wichtelmann sah ihn überrascht an.

»Ja, aber es ist schon lange her. Ich war damals noch sehr jung«, antwortete er zögerlich und ein bisschen ängstlich. »Eine schreckliche Gegend, ihr wisst schon – wegen der vielen Oger, Trolle, Riesentausendfüßler, Warane und anderen unappetitlichen Viecher … Und außerdem haben sie da keine ordentliche Grütze. Man sollte wirklich einen Riesenbogen um diesen Ort machen. Wieso? Wollt ihr etwa dahin?«

Er sah von Frappel zu Eri und wieder zurück. Eri schaute Frappel nun ebenfalls fragend an, denn auch sie wollte wissen, ob ihr Weg durch dieses fürchterliche Schenn führen würde. Der Gnom jedoch antwortete nicht, sondern hockte sich in den Sand. Mit der Handfläche ebnete er ein Stückchen des sandigen Bodens vor ihm und malte ein krummes Ei.

»Das ist der Fandorwald, der von deinen Leuten, Eri, nur ›der Wald‹ genannt wird. Durch den Fandorwald fließt ein Fluss …«, sagte Frappel und zog eine Wellenlinie von oben nach unten. »Er hat verschiedene Namen. In Arkadien heißt er Warna. Ach ja, Arkadien ist hier …« Frappel fügte am oberen Rand des krummen Eis noch ein Oval hinzu, etwas länglicher diesmal. »Arkadien liegt nördlich des Fandorwaldes, auf beiden Seiten der Warna. Im Westen grenzt es an Lyria …« Links vom Oval, das Arkadien darstellte, malte er ein kleines Quadrat. Der Gnom blickte finster auf die von ihm gezeichnete Karte.

»Aber, wie ich schon gesagt habe, durch Arkadien können wir nicht gehen. Die Eisenwölfe werden bestimmt als Erstes nach Westen laufen, um uns den Weg nach Lyria abzuschneiden. Nein, wir müssen weiter auf dem Fluss bleiben, bis …« Frappel verlängerte die Schlangenlinie des Flusses weit nach oben und legte seinen Finger auf einen Punkt, wo die Linie abrupt nach rechts abknickte: »Bis wir von dort nach Schenn abbiegen können!«

Frappel fügte jetzt ganz oben ein großes Viereck hinzu, an dessen unteren Rand Lyria und Arkadien grenzten.

»Das ist mein Plan: Wir gehen in Schenn an Land, halten uns südlich, lassen Arkadien und die Wacken links liegen und überqueren von Norden her die Grenze nach Lyria!«

Frappel sah triumphierend zu den anderen beiden auf. Eri schwieg. Sie verstand, dass dieser Weg ihre einzige Möglichkeit war, aber beim Gedanken an Schenn wurde ihr ganz mulmig zumute. Skratsch studierte die in den Sand gezeichnete Karte mit nachdenklicher Miene. Dabei beäugte er misstrauisch mal die Reisenden, mal den Korb, den Eri die ganze Zeit festhielt. Schließlich, als hätte ihn ein Gedankenblitz getroffen, rief er aus: »So ist das also! Ihr seid auf der Flucht!«

Mit einer energischen Handbewegung verwischte Frappel die Karte.

»Und wenn es so wäre?«, fragte er mit scharfer Stimme.

Der Wichtelmann zuckte mit den Schultern. Er machte nicht den Eindruck, als hätte ihn diese Erkenntnis sehr erschreckt.

»Ich bin nur neugierig, wovor ihr flüchtet und warum. Das ist alles.«

Das Mädchen und der Gnom verständigten sich mit einem Blick und einem fast unmerklichen Kopfnicken. Der Wichtel war sympathisch und wirkte vernünftig und vertrauenswürdig. Aber vor allem war er schon mal in Schenn gewesen, was sich als sehr nützlich erweisen könnte. Und schließlich konnten sie jede Hilfe gut gebrauchen, auch wenn sie von einem zwei Ellen großen Wichtel kam.

Also erzählten sie ihm alles: über Eris Dorf, Mafalda, das Drachenei, Widukinds Machenschaften, die Flucht vor den Eisenwölfen durch den Wald und schließlich über ihre Absicht, zu Wannafee nach Lyria zu gehen.

Am meisten interessierte Skratsch sich natürlich für das Drachenei.

»Darf ich mal sehen?«, fragte er schüchtern.

Eri nahm das Tuch von der schwarzen, matt schimmernden Kugel und schob den Korb zu Skratsch hinüber. Unsicher warf er einen Blick hinein, und nach einem aufmunternden Nicken von Eri berührte er das Ei.

»Es ist warm!«, rief er überrascht aus und strich vorsichtig darüber. »Es zittert ein bisschen, so als hätte es Angst.«

Reflexartig spitzte Frappel die Ohren. Hörte er da ein dumpfes, metallisches Heulen in der Ferne? Wahrscheinlich war das nur Einbildung, sagte er sich. Wie auch immer, es war schon spät, und ihre Siebensachen mussten noch gepackt werden.

»Die Eisenwölfe kommen näher«, murmelte Frappel und fügte lauter hinzu: »Auf, auf, wir haben lange genug gerastet! Es ist schon Nachmittag.«

»Herr Wichtel, wie sieht's aus? Kommst du mit uns?«

Skratsch seufzte und fuhr sich mit der Hand durch sein Bärtchen. Die beiden waren ihm schnell ans Herz gewachsen, und er war so wie sie der Meinung, dass das Drachenei auf keinen Fall in Widukinds Hände geraten sollte. Außerdem hatte er gerade ohnehin nichts Besseres zu tun …

»So sei es denn«, erklärte er feierlich. »Obwohl – das muss ich euch vorher sagen – wir Wichtel von Natur aus keine Herumtreiber sind, und Abenteuer suchen wir erst recht nicht …«

Weiter kam er nicht, weil Eri ihm mit einem freudigen Aufschrei um den Hals fiel. Frappel begnügte sich mit einem festen Handschlag.

»Du wirst schon sehen: Wenn wir es bis zu Wannafee schaffen, werden alle deine Träume wahr«, versprach er dem Wichtelmann. »Die Fee ist reich und mächtig, und in ihrem Haus gibt es hundert Zimmer. Die kannst du dann nach Herzenslust bis an dein Lebensende bewachen und so viel Grütze essen, wie du möchtest.«

Als alles gesagt war, trödelten sie nicht länger herum, sondern packten ihr Lager in Windeseile zusammen. Das Geschirr wurde im Fluss abgespült, das Feuer mit Sand gelöscht und der verbliebene Proviant im Rucksack verstaut. Der Gnom und der Wichtel eilten hierhin und dorthin, nur Eri blieb immer wieder stehen und sah den Fluss hinauf, dorthin, wo sie hergekommen waren. Sie würde sich immer weiter von zu Hause entfernen, von Mama,

Papa, dem kleinen Micha, Janis und der guten Hexe. »Frappel«, fragte sie zaghaft, während sie ins Boot stieg, »geht es wohl Mafalda gut?«

Der Gnom verzog das Gesicht, als hätte etwas Spitzes in sein Herz gestochen.

»Meinst du, sie konnte fliehen? Vielleicht kommt sie noch nach?«, hakte Eri hoffnungsvoll nach, als Frappel nicht antwortete.

Jetzt strich er über ihren roten Haarschopf und drehte sein Gesicht weg. Eri sollte die Tränen, die sich in seine Augen stahlen, nicht sehen.

»Denk nicht weiter darüber nach, Eri. Was passiert ist, ist passiert. Wir haben noch einen langen Weg vor uns …«

Das war nicht die Antwort, auf die Eri gehofft hatte. Sie stieg ins Boot, kauerte sich dort zusammen und zog den Korb näher an sich. Mit der Hand fühlte sie nach dem Ei.

»Ich bin bei dir, Kleiner«, flüsterte sie.

Frappel und Skratsch schoben das Boot ins Wasser und sprangen schnell hinein. Sie tauchten die Paddel in die Fluten und lenkten das Boot mit regelmäßigen Schlägen in die Flussmitte, wo die Strömung am stärksten war.

Einige Minuten später erreichten drei Eisenwölfe die Uferböschung, an der Eri, Frappel und Skratsch gerastet hatten. Sie nahmen die Spuren rund um das Lagerfeuer wahr und sahen dann einige Augenblicke lang dem in den Norden fließenden Strom hinterher, bevor sie kehrtmachten und wieder im hohen Wiesengras Arkadiens verschwanden.

4. Der Sturm

Es war ein wunderschöner und heiterer Nachmittag. In der Sonne fast schon ein bisschen zu heiß, aber die leichte Brise aus dem Süden, die ihnen in den Rücken blies, machte es angenehm. Skratsch und Frappel saßen nebeneinander in der Mitte des Boots und paddelten einträchtig und zügig. Der Gnom, der ja offenbar nicht zum ersten Mal in einem Boot saß, achtete darauf, dass sie immer in der Mitte des Flusses blieben.

Über den schwarzen Fleck, ganz weit weg am Himmel, machte sich keiner von ihnen Gedanken.

Eri saß vorne am Bug und genoss die schöne Aussicht. Rechts und links flogen die mit Gras und Büschen bewachsenen Ebenen Arkadiens vorbei. Ab und zu sah man Ziegen und Schafe, die von ihren Hirten ans Wasser geführt worden waren. Zweimal wurden sie von großen Fischkuttern überholt. Die Flussfischer, die mit ihren buschigen Bärten aussahen wie alte Seebären, blickten verwundert auf die kleine Nussschale herunter, in der ein junges Mädchen in der Gesellschaft eines Gnoms und eines Wichtels saß. Die Fischer riefen ihnen irgendetwas zu und gestikulierten wild in Richtung Himmel, aber Frappel beachtete sie nicht, sondern tauchte sein Paddel noch kräftiger ins Wasser. Eri wusste, warum der Gnom den Menschen misstraute: Er hatte Angst, Widukinds Spione wären ihnen auf den Fersen. Skratsch dagegen schien sich um gar nichts zu sorgen, er paddelte einfach fröhlich vor sich hin pfeifend.

»Wir könnten schneller sein, wenn unser Boot ein Segel hätte«, sagte er zu Frappel, als einer der Fischkutter mit großem dreieckigem Segel links an ihnen vorbeischoss. »Dann bräuchten wir gar nicht mehr zu paddeln …«

Aber der Gnom hörte gar nicht richtig zu, denn ein großes Boot, das neben ihnen scharf zum Ufer abbog, zog seine Aufmerksamkeit auf sich. Die Menschen an Deck holten hastig die Segel ein. Einer davon rief ihnen laut etwas zu und zeigte dabei nach

Norden. Frappel, der jetzt ein sehr ungutes Gefühl hatte, folgte dem ausgestreckten Zeigefinger mit seinem Blick und erstarrte vor Schreck.

Der kleine schwarze Fleck war zu einer gewaltigen Wolke angewachsen. Der Wind änderte plötzlich seine Richtung und blies ihnen die kalte Gischt scharf ins Gesicht.

»Ans Ufer, Herr Wichtel, ans Ufer!«, rief Frappel aufgeregt.

Skratsch sah zum Himmel auf, wurde blass und paddelte, was das Zeug hielt. Das Boot änderte mühsam seine Richtung. Frappel befahl Eri, sich auf den Boden zu setzen und den Korb gut festzuhalten. Die Lage war ernst, so viel war klar. Eri umklammerte den Korb mit beiden Armen, während die ersten Wasserspritzer in ihrem Gesicht landeten. Die bisher ruhigen und trägen Wellen richteten sich steil auf und schlugen an den Bootsrand. Skratsch und Frappel paddelten wie von Sinnen und riefen wild durcheinander. Eri verstand kein Wort, weil ihre Stimmen im Pfeifen des immer stärker wehenden Windes untergingen. Es wurde dunkler, die schwarze Wolke bedeckte nun fast den ganzen Himmel, die Sonne war längst verschwunden. In der Ferne blitzte es gespenstisch auf, und kurz darauf rollte ein ohrenbetäubender Donner über den Fluss. Das Ufer war nicht mehr zu erkennen, um sie herum war nur aufgewühltes Wasser.

»Frappel, wir schaffen es nicht zum Ufer!«, rief Skratsch verzweifelt. »Wir müssen umdrehen und nach Süden fahren, weg von dem Sturm!«

»Zu spät!«, brüllte Frappel, um das laute Tosen zu übertönen. »Wir müssen uns von der Strömung mitreißen lassen. Das ist unsere einzige Chance!«

Die aufgepeitschten Wellen schäumten gewaltig, und immer mehr Wasser platschte ins Boot. Frappel versuchte mit aller Kraft, das Boot so stabil wie möglich in der Flussmitte zu halten, die Bootsspitze steil im Wind. Skratsch schnappte sich ein Gefäß und fing an, Wasser aus dem Boot zu schöpfen. Eri war starr vor Schreck, ihr Herz flatterte in ihrer Brust wie ein Vogel, der sich in einem Netz verfangen hatte. Würden sie sterben müssen? Sollte ihre Reise am Grund des Flusses zu Ende gehen? Verzweiflung machte sich breit. Sie hatte doch versprochen, den kleinen Drachen in Sicherheit zu bringen … Und sie wollte doch nach Hause zurück, zu Mama, Papa, ihren Brüdern … Eri hielt den Korb mit aller Kraft fest und hob ihn ein Stückchen an, damit kein Wasser hineinschwappte. Obwohl der Wichtelmann unermüdlich schöpfte, stieg das Wasser immer höher.

Auch Frappel kämpfte einen verlorenen Kampf.

Mit dem kleinen Boot kam er einfach nicht gegen die monströsen Wellen an. Alle waren sie jetzt nass bis auf die Knochen, das Wasser drang ungehindert ins Boot, das schon zu einem Viertel vollgelaufen war. Sie sanken.

»Hilfe! So hilf uns doch jemand!«, schrie Frappel, aber niemand hörte seine verzweifelten Rufe.

Tiefe Dunkelheit umgab sie, die nur für kurze Augenblicke durch gleißend helle Blitze durchbrochen wurde. Eri hielt den Korb weiter fest an sich gedrückt. Das war's, dachte sie, jetzt kann nichts und niemand mehr helfen. »Tut mir leid, kleiner Drache, dass ich dich nicht retten konnte«, flüsterte sie und berührte die glatte Eierschale zum Abschied. Unter ihren Fingerspitzen fühlte sie wieder einmal das fast unmerkliche Zittern und wusste, dass auch der kleine Drache Angst hatte.

Plötzlich hörte das Boot auf, sich zu bewegen, als würde es jemand mit einer starken Hand festhalten. Die tobenden Wellen ringsum beruhigten sich schlagartig, auch das irre Heulen des Windes wurde leiser. Sie waren so kurz davor gewesen, zu ertrinken! Das Mädchen hörte Frappel mit jemandem sprechen. Sie machte schnell die Augen auf, die sie fest zusammengekniffen hatte.

Das Boot steckte mitten in einer Blase aus Licht.

Es war so hell, dass Eri einige Male blinzeln musste, um überhaupt etwas erkennen zu können. Innerhalb der Blase war das Wasser spiegelglatt und ruhig, außerhalb tobte der Sturm weiter, und schäumende Wellen, so groß wie Steinträumer, wälzten sich über den Fluss. Wenn sie jedoch die Wände der Lichtblase erreichten, lösten sie sich spurlos auf, wie Butter in der heißen Pfanne. Eri sah fasziniert zu. Passierte das wirklich?

»Ja, Herrin, wir sind in Mafaldas Auftrag unterwegs«, sagte Frappel, der sich weit über den Bootsrand gebeugt hatte, gerade zu jemandem. Hinter seinem Rücken machte Skratsch einen langen Hals, um zu sehen, mit wem Frappel da redete. »Der Sturm hat uns überrascht. Wärst du nicht gekommen, wäre es jetzt aus mit uns.«

Eri stand auf und lugte neugierig über Frappels Schulter. Beim Blick ins Wasser klappte ihre Kinnlade herunter, und sie schnappte verblüfft nach Luft. Neben dem Boot dümpelte ein Wesen auf den Wellen, das Eri nur aus Hannas Geschichten kannte: zur Hälfte Frau, zur Hälfte Fisch, Herrin der Tiefen. Sie war überirdisch schön. Ihre weißen Haare umrahmten ein bezauberndes Gesicht, und große blaue Augen schauten freundlich zu der kleinen Gesellschaft hinauf. Als ihr Blick zu Eri wanderte, zeigte

sich Wärme in ihrem Ausdruck, kurz darauf wirkte sie unglaublich zornig. Aber Eri war sich sicher, dass die Dame sich nicht über sie ärgerte.

»Widukind hat offensichtlich vergessen, wem dieser Fluss gehört«, sagte sie streng. »Folgt mir, und es wird euch nichts passieren.«

Anmutig wie eine Tänzerin streckte sie ihre Arme nach oben, machte eine Pirouette und tauchte kopfüber in die Fluten, sodass ihr silbriger Fischschwanz kurz aufblitzte. Einen Moment später tauchte sie vor dem Bug auf und wies der kleinen Gruppe die Richtung. Frappel schnappte sich die Paddel und paddelte der Fischfrau hinterher. Außerhalb der Lichtkugel wütete der Sturm noch immer, zum Boot drang er aber nicht mehr vor. Dafür sorgte ihre geheimnisvolle Retterin.

»Wir hatten sehr viel Glück, dass die Najade in der Nähe war!«, seufzte Frappel erleichtert auf. Skratsch nickte bekräftigend und beförderte mit seinem Schöpfgefäß wieder eine Portion Wasser über Bord. Im Boot war jetzt nur noch eine kleine Pfütze übrig.

»Najade? Ich dachte, das wäre eine Sirene«, sagte Eri und sah zu der Fischfrau, die vor ihnen herschwamm. Ihr schlanker Körper teilte das Wasser mühelos. Die Lichtblase bewegte sich zusammen mit ihr.

»Najaden sind Flusswesen«, erklärte Skratsch, der mit dem Wasserschöpfen fertig war und sich zum Ausruhen auf die Bank setzte. »Und Sirenen leben in Meeren und Ozeanen.«

Die Fahrt dauerte nicht lange. In der Dunkelheit zeichneten sich langsam die Umrisse des Ufers ab. Bald konnten sie weißen Sand, Schilfgräser und niedrige Bäume erkennen.

Die Flussnymphe machte mit ihrer Hand eine große Kreisbewegung, und die Lichtblase weitete sich aus, bis sie die kleine Insel komplett umgab.

»Hier wohne ich«, erklärte sie. »Ich kann den Sturm leider nicht besänftigen, aber auf meiner Insel seid ihr davor sicher. Sobald ihr am Ufer angelegt habt, folgt dem schmalen Pfad. Er wird euch direkt zu meinem Haus führen.«

Dann ließ sie ihren silbrigen Fischschwanz aufleuchten, bevor sie in den Tiefen des Flusses verschwand. Es knirschte, als die Spitze des Boots im Sand aufkam. Frappel und Skratsch sprangen ans Ufer und zogen die kleine Nussschale an Land. Eri war erleichtert, ihren Fuß auf etwas zu setzen, was nicht immerzu schaukelte. Sobald sie sicher stand, prüfte sie nach, ob mit dem Ei alles in Ordnung war. Unter der Schale schien alles ruhig zu sein, als sei der Babydrache sorglos eingeschlafen.

Neugierig betrachtete Eri ihren Anlegeplatz. Die kleine Bucht war umringt von niedrigen Bäumen, und der Pfad, der am Ufer seinen Anfang nahm, schlängelte sich zwischen ihnen hindurch ins Innere der Insel. Eri sah sich nach Frappel und Skratsch um, die das Boot befestigten und sich dabei lebhaft unterhielten.

»Und ich sag dir, das ist Warna«, meinte Frappel völlig überzeugt. »Das ist sie, ohne jeden Zweifel. Niemand sonst hätte sich der schwarzen Magie Widukinds widersetzen können.«

»Worüber redet ihr?«, fragte Eri die beiden. Frappel griff ins Boot nach seinem Rucksack und warf ihn sich über die Schulter.

»Über unsere Retterin«, antwortete er. »Ich glaube, das ist Warna, die Herrin des Flusses, auf dem wir gerade waren.«

Skratsch nickte. »Ja, du hast wahrscheinlich recht. Ich habe mal gehört, dass man die Flussgöttin manchmal in der Abenddämmerung sehen kann, wenn sie im Fluss schwimmt und nach dem Rechten sieht. Wenn sie auf dieser Insel hier zu Hause ist, dann brauchen wir uns bestimmt keine Sorgen zu machen.«

Es sah so aus, als hätte Skratsch völlig recht. Das Licht lag wie eine Glocke über der Insel, einer Oase der Ruhe inmitten der ringsum tobenden Wellen. Nur vereinzelte Regentropfen erreichten ihre Gesichter.

»Lasst uns von hier verschwinden. Je weiter weg vom Ufer, desto besser«, sagte Skratsch.

Eri und Frappel sahen das genauso, und wortlos brachen die drei im Gänsemarsch ins Inselinnere auf. Frappel führte die kleine Gruppe an, Eri folgte mit dem Korb über dem Arm, und Skratsch bildete die Nachhut. Er beschwerte sich grummelnd über den nassen Tabak in seinem Beutel, und Frappel zog ihn damit auf, dass er stattdessen ein paar trockene Eichenblätter in sein Pfeifchen stopfen könnte. Der Boden links und rechts des Pfades war übersät mit Blumen aller Art. Normalerweise gibt es im Wald nicht besonders viele Blumen, und schon gar nicht Rosen und Chrysanthemen, aber für Warna schien es kein Problem zu sein, auch die hier wachsen zu lassen.

»Najaden haben ganz schön viel Magie«, erklärte Frappel. »Erst recht, wenn man im Zentrum ihrer Macht ist, dort, wo die Flussherrin ihr Zuhause hat.«

Der schmale Weg endete an einer Lichtung mit einem kleinen Teich, an deren Rand eine Felsgruppe aus dem Boden ragte. In einem der hohen Felsen sahen sie den mit Weinreben umrahmten Eingang zu einer Höhle.

Als die drei die Lichtung betraten, erschien plötzlich ein Ungeheuer in der Höhlenöffnung. Das Wesen war doppelt so groß wie ein Mensch und erinnerte an eine auf zwei Beinen stehende Eidechse, nur dass seine Haut mit Fischschuppen bedeckt war. Statt eines Gesichts hatte es ein Fischmaul, das so hässlich war, dass Eri bei seinem Anblick vor Schreck keuchte.

»Du brauchst keine Angst zu haben, Eri«, sagte Frappel beruhigend. »Das ist ein Wassermann, ein Diener von Warna.«

»Eine Schönheit ist er nicht gerade …«, meinte Skratsch.

Der Wassermann schenkte ihnen ein breites Lächeln, das eine dichte Reihe kleiner, aber sehr scharfer Zähne offenbarte, und lud sie mit einer freundlichen Geste ins Innere der Höhle ein. Er wirkte so nett, dass Eri ihre Bedenken schnell ablegte und ihren Freunden neugierig in die Höhle folgte.

In der großen und hellen Höhle, an deren Decke wunderschöne Tropfsteine hingen, erwartete sie die Herrin des Flusses Warna. Sie saß anmutig auf einem thronartigen Stuhl, die Schleppe ihres blauen, mit zarter Spitze bedeckten Kleides lag seitlich auf dem Boden. Ein aus Federblumen gewundener Kranz schmückte ihre langen weißen Haare. Sie sah bezaubernd aus. Eri bemerkte erstaunt, dass unter ihrem Kleid statt eines Fischschwanzes zwei Füße hervorguckten.

»An Land nehme ich menschliche Gestalt an«, erklärte Warna mit einem Lächeln in der Stimme, als sie die Verwunderung des Mädchens bemerkte. »Im Wasser ist ein Fischschwanz sehr nützlich, aber auf festem Grund sind Beine besser. Seid herzlich willkommen, Freunde von Mafalda und Wächter des Drachen!«

Frappel und Skratsch verbeugten sich tief, mit einer Hand über der Brust. Eri folgte ihrem Beispiel und machte einen anmutigen Knicks.

»Es scheint, Herrin, als sei die Kunde von unserem Abenteuer bis zu dir vorgedrungen«, bemerkte Frappel.

Warna nickte ernst.

»Ich weiß, was im Fandorwald geschehen ist. Und man hat mir von einem Gnom, einem Wichtel und einem kleinen Mädchen erzählt, die in einer Nussschale über meinen Fluss gefahren sind, und von ihrem Schützling … Ich weiß auch von den Eisenwölfen, die Arkadien auf der Suche nach euch durchkämmen. Wo mein Fluss entlangfließt, bleibt mir nicht viel verborgen.«

Frappel verbeugte sich erneut vor der Najade.

»Zum Glück, Herrin, und wir sind dir für deine Hilfe von Herzen dankbar. Ohne dich wären wir jämmerlich ertrunken. Du hast uns das Leben gerettet!«

»Nur gut, dass ich gerade in der Nähe war.« Warna runzelte ihre Stirn und fügte hinzu: »Ich habe erfahren, dass Widukind die Vier Türme in seine Gewalt gebracht und den Großen Rat gestürzt hat. Er muss sehr mächtig geworden sein, wenn er es wagt, mein Reich mit seiner Magie zu überziehen. Wie ihr euch bestimmt schon gedacht habt, war der gewaltige Gewittersturm sein Werk.«

Als Eri den Namen des Zauberers hörte, fiel ihr auf, dass irgendetwas nicht zusammenpasste.

»Das verstehe ich nicht«, meldete sie sich zu Wort. »Wenn unser Boot untergegangen wäre, hätte Widukind das Drachenei verloren. Will er den Drachen nicht mehr?«

Die Flussherrin lächelte anerkennend.

»Das ist eine sehr gute Frage, Eri. Widukind will diesen Drachen, aber gleichzeitig fürchtet er ihn auch. Er weiß genau, wenn du dem kleinen Drachen einen Namen gibst, dann wirst du diejenige sein, die Macht über ihn hat, und du könntest diese Macht in Zukunft womöglich gegen ihn einsetzen. Anscheinend ist er zu dem Schluss gekommen, dass keiner das Ei haben sollte, wenn er es nicht bekommen kann … Übrigens, wo ist es denn?«

Eri ging mit ihrem Körbchen zu Warna und zeigte ihr das Drachenei. Die Flussnymphe nahm die schwarze Kugel vorsichtig mit beiden Händen aus dem Korb. Die drei Reisegefährten sahen mit angehaltenem Atem zu, wie sie das Ei dicht vor ihr Gesicht hielt und aufmerksam die unter der Schale aufflackernden Blitze betrachtete.

»Dauert nicht mehr lange …«, sagte Warna nach einer Weile und legte das Ei behutsam in den Korb zurück. »Bald wird er schlüpfen. Hast du dir schon einen Namen für ihn überlegt?«

Eri schüttelte den Kopf.

»Dann solltest du das bald tun. In ein paar Tagen ist es so weit. Denk darüber nach, das ist sehr wichtig.« Dann deutete sie auf einen großen Tisch, der etwas abseits stand, und sagte: »Und jetzt, meine lieben Freunde, greift zu und stärkt euch. Der Sturm wird sicher noch bis morgen früh toben. Ihr könnt hier übernachten, und morgen überlegen wir uns, wie es weitergehen soll.«

Zwei Wassermänner hatten den Tisch mit verlockend aussehenden Speisen gedeckt. Als Eri, Frappel und Skratsch jetzt genau hinsahen, lief ihnen das Wasser im Mund zusammen. Es gab Pilzsuppe mit

Sahnecreme, süßen Mohnstrudel, Käse aus Schafs- und Ziegenmilch, große Flussfische, allen voran Schleien und Zander, Früchte und Gemüse satt, gebratene Hasen und Fasane. Zum Schluss wurde eine große Schüssel voll Grütze mit Speckgrieben hereingetragen, und Skratsch brach fast in Tränen aus. Vor Freude natürlich.

Die Gesellschaft tafelte fröhlich und lange. Die Herrin des Flusses wollte alles genau wissen: wie ihre Reise bisher verlaufen war und wie ihre weiteren Pläne aussahen. Frappel erklärte ihr, dass sie um Arkadien einen Bogen machen wollten, um Lyria über Schenn zu erreichen. Je länger Warna zuhörte, desto nachdenklicher wurde sie.

»Das wird nicht leicht, fürchte ich«, sagte sie mit Sorgenfalten auf der Stirn. »Ein kleines Mädchen, ein Wichtel und ein Gnom – so mutig sie auch sind – können mit den in Schenn lauernden Gefahren nicht allein fertigwerden. Hmm, ich glaube, ihr braucht jemanden, der euch beschützen kann …«

Eri, die gerade in den Mohnstrudel beißen wollte, sah nun neugierig zu Warna auf.

»Meinst du den großen Wassermann da draußen?«

Die Flussnymphe zupfte eine Weinbeere ab und legte sie sich in den Mund. »Nein, ich hatte da an jemand anderen gedacht …«

Die Wassermänner brachten immer noch Speisen herein, aber die Gäste waren satt und zufrieden. Sogar Skratsch legte seinen Löffel mit Bedauern auf den Teller zurück, obwohl noch ein kleines Häufchen Grütze übrig war. Eri fielen die Augen zu. Die Aufregungen des Tages machten sich bemerkbar, nur mit Mühe unterdrückte sie ein Gähnen. Die aufmerksame Gastgeberin bemerkte ihre Müdigkeit trotzdem und rief nach einem Diener, der das Mädchen zu einer hinter Vorhängen versteckten Nische führte. Der Wassermann verbeugte sich, zeigte wortlos auf ein weiches Bett und entfernte sich. Eri stellte den Korb neben ihrem Lager ab, prüfte, ob das Ei auch bequem in den Tüchern lag, zog ihre Schuhe und das Kleid aus und streckte sich mit einem zufriedenen Seufzer auf dem sauber bezogenen Bett aus. Obwohl sie sehr müde war, traute sie sich nicht, ihre Augen zu schließen, aus Angst, Widukind würde sie wieder im Traum besuchen und nach dem Drachenei verlangen. Ob Warnas Macht sie davor bewahren würde? Für alle Fälle wollte sie so lange wach bleiben, wie sie konnte. Aber kaum hatte ihr Kopf das Kissen berührt, fielen Eris Augen von ganz alleine zu, und sie schlief tief und fest ein.

Und diesmal kam auch der Zauberer nicht zu ihr.

5. Der Räuber Vergil

Nach einem langen und ruhigen Schlaf wachte Eri erholt und gut gelaunt auf. Das Bett war bequem und die Daunendecke kuschelig gewesen. Das Mädchen gähnte herzhaft, streckte sich wie eine Katze und fühlte sich frisch und springlebendig. Als sie die Vorhänge ihrer Kammer zur Seite zog, sah sie Tageslicht durch die in den Felsen gehauenen Fenster dringen. Ein Wassermann war gerade dabei, die Fensterläden aufzuklappen, um die Sonnenstrahlen in die Höhle zu lassen. Ein zweiter wartete geduldig mit einer Schüssel und einem Krug mit warmem Wasser auf sie. Eri wusch sich Gesicht und Hände, und der Diener reichte ihr freundlich ein Leinentuch zum Abtrocknen. Dabei lächelte er so breit, dass seine spitzen Zähne weiß aufleuchteten. Aber das machte Eri keine Angst. Im Tageslicht sahen die Wassermänner auch gar nicht so schlimm aus.

Die Schlafkammern neben ihrer waren leer, dafür hörte Eri aus der großen Höhle eine laute Unterhaltung. Sie sah nach, ob es dem Drachenei gut ging, nahm den Korb und folgte den Stimmen.

Frappel und Skratsch saßen am erneut reich gedeckten Tisch und frühstückten in der Gesellschaft der Flussgöttin. Jeder hatte eine großzügige Portion Rührei bekommen. Und vor Skratsch stand außerdem eine Schüssel mit dampfender Grütze. Mit einem fröhlichen »Guten Morgen!« begrüßten alle das Mädchen. Warna zeigte einladend auf den leeren Platz neben sich.

»Setz dich, meine kleine Eri, und greif tüchtig zu«, sagte sie. Das einfache hellblaue Kleid, das die Flussgöttin an diesem Morgen trug, hatte keine Verzierungen und war nicht so festlich wie das vom gestrigen Abend, aber sie sah immer noch wunderschön aus. »Ihr braucht viel Kraft, denn vor euch liegt noch ein weiter Weg.«

»Wir haben gerade darüber gesprochen, wie es weitergehen soll«, informierte Frappel Eri.

Eri tauchte ihren Löffel in ihr duftendes Rührei mit Schnittlauch.

»Widukinds Sturm ist vorbei, also werden wir wohl weiter über den Fluss fahren, oder?«, fragte sie mit vollem Mund. Das Rührei war köstlich.

Warna nickte.

»Ja, aber nur ein kurzes Stück. Widukind hat uns gestern gezeigt, wie mächtig er geworden ist. Der Fluss ist für euch nicht mehr sicher, aber ich werde euch begleiten, dann kann euch nichts passieren. Das nächste Mal reicht meine Kraft vielleicht nicht mehr aus. Außerdem könnt ihr sowieso nicht mehr lange auf dem Fluss bleiben. Drei Meilen hinter meiner Insel biegt der Fluss östlich ab, ihr aber müsst in die andere Richtung, um nach Lyria zu kommen.«

Frappel griff nach einem Blaubeerpfannkuchen, biss hinein und nickte zustimmend.

»Das sehe ich genauso, Herrin. Wir müssen das Boot aufgeben und weiter über Land gehen. Was meinst du, Skratsch?«

Der Wichtel konnte gerade keine Antwort geben, weil sein Mund voll mit Speckgrütze war, die er begeistert in sich hineingeschaufelt hatte.

Er schluckte den letzten Bissen runter und sagte:

»Hört sich nach einem guten Plan an. Zu Fuß brauchen wir zwei, vielleicht sogar drei Tage …« Sein Blick wanderte mit Bedauern zu dem nun leeren Teller. »Wäre es möglich, etwas von dieser exzellenten Grütze mit auf den Weg zu bekommen?«

Warna lächelte belustigt über den unersättlichen Wichtel.

»Keine Sorge, Herr Skratsch, ihr bekommt reichlich Proviant mit.«

Am Tisch wurde es still. Die Gäste beendeten ihre Mahlzeit, jeder in seine eigenen Gedanken versunken. Warna beobachtete sie mit einer Sorgenfalte auf der Stirn. Frappel stand als Erster vom Tisch auf. Er verbeugte sich dankbar vor der Hausherrin und sagte zu Skratsch: »Komm, Herr Wichtel, wir müssen das Boot fertig machen. Wir brauchen es noch ein letztes Mal, um an das westliche Flussufer zu gelangen.«

Skratsch verließ seinen Schemel nur ungern. Auf dem Tisch standen noch einige Leckerbissen, die er noch gar nicht probiert hatte. Er warf ihnen einen bedauernden Blick zu, folgte dem Gnom jedoch zum Höhlenausgang. Auch Eri stand auf, bereit, ihre Reise fortzusetzen. Sie griff nach dem Korb mit dem Ei und wollte gerade hinter ihren Freunden herlaufen, als die Flussherrin sie aufhielt.

»Bleib bitte noch einen Augenblick«, sagte sie. »Ich möchte etwas mit dir besprechen.«

Sie führte das Mädchen an den Höhlenrand, wo sie sich auf eine bequeme Bank setzten.

»Ich nehme an, Mafalda hat dir erklärt, wie wichtig es ist, dem Drachen einen Namen zu geben?«, fragte Warna nach einer Weile.

Eri erinnerte sich bei diesen Worten an die Hütte der guten Hexe, wo sie von Mafalda erfahren hatte, dass derjenige, der dem Drachen einen Namen gibt, Macht über ihn haben würde. Beim Gedanken an Mafalda wurde Eri traurig. Wie es Mafalda wohl ging?

Warna sah Eris Sorge um die Flüsterin und streichelte beruhigend über die Hand des Mädchens.

»Du musst wissen, mein liebes Kind, dass da noch mehr zu beachten ist. Ja, es ist wichtig, dem Drachen einen Namen zu geben, aber es muss auch der richtige Name sein. Namen können gut oder schlecht sein, genauso wie Menschen und andere Wesen gut oder schlecht sein können. Wenn du dem Drachen einen Namen gibst, der nicht gut ist, könnte es sein, dass aus ihm in Zukunft trotz deiner besten Absichten ein böser Drache wird, der viel Leid über die Welt bringt.«

Eri war entsetzt. Das hatte Mafalda ihr nicht ge-

sagt! Wie sollte sie denn nur den richtigen Namen für den Drachen aussuchen? Hoffnungsvoll sah sie zur Flussgöttin auf, die jedoch entschuldigend lächelte und ihre Hände mit einer ratlosen Geste öffnete.

»Auch wenn ich dir sehr gerne helfen möchte – ich kann es leider nicht«, sagte sie. »Du musst den Namen alleine aussuchen. So sind die Gesetze von Menschen und Drachen. Aber ich kann dir einen Rat geben: Horch ganz tief in dein Herz hinein, Eri, und suche nach dem, was dir am liebsten ist. Dann fällt dir der richtige Name ganz von selbst ein, und dann wird er gut sein, weil auch du gut bist. Mafalda wusste genau, warum sie ausgerechnet dich für diese Aufgabe ausgewählt hat. Du bist die Richtige! Aber vergiss nicht: Sobald die Schale platzt und der kleine Drache schlüpft, musst du ihm ohne zu zögern einen Namen geben. Das wird sehr bald sein, vielleicht schon in ein paar Tagen. Auch Widukind weiß das und wird um jeden Preis versuchen, vorher an das Ei zu kommen. Hier auf der Insel kann ich euch nicht länger ausreichend beschützen. Deswegen müsst ihr weiter, und ihr müsst wachsam sein! Es liegen noch viele Mühen und Gefahren vor euch, aber zusammen könnt ihr es schaffen.«

Warna strich dem Mädchen aufmunternd über seinen roten Haarschopf. Dann standen sie von der

Bank auf und verließen die Höhle. Draußen auf der Lichtung blieb die Najade stehen, griff in ihre Tasche und zeigte dem Mädchen eine kleine runde Muschel.

»Sobald ihr euch vom Fluss entfernt, werde ich euch nicht mehr helfen können. Mit einer Ausnahme: Wenn ihr in höchster Not seid und euch kein Ausweg bleibt, wirf diese Muschel hinter dich und sag laut ›Warna‹. Dann wird euch mein Fluss zu Hilfe kommen, auch wenn ihr viele Tagesreisen von seinen Ufern entfernt sein solltet.«

Warna legte die Muschel in die Hand des Mädchens und umfasste seine kleine Hand mit ihren beiden Händen.

»Aber sei gewarnt: Du kannst sie nur ein Mal benutzen. Tu es nur in höchster Not.«

Eri legte das kostbare Geschenk vorsichtig in ihre Brusttasche.

»Ist das ein Zauber?«, fragte sie.

»Ja, Eri, das ist es.«

Die Flussnymphe seufzte schwer. Hoffentlich würde dieses mutige Mädchen die Muschel niemals brauchen. Aber Warna bezweifelte das …

»Und jetzt lass uns gehen. Die Zeit drängt, und deine Freunde warten sicher schon auf dich.«

Sie nahmen den Pfad durch den lichten Wald. Nach dem nächtlichen Sturm war die Luft frisch und kühl, ein angenehmer Blumenduft wehte an ihnen vorüber. Warna pflückte eine rote Rosenblüte und steckte sie in Eris Haar. Über den Drachennamen und die Muschel unterhielten sie sich nicht mehr. Beide wussten, dass dazu alles gesagt worden war.

In der Bucht hatten Frappel und Skratsch das Boot schon ins Wasser geschoben und trafen die letzten Vorbereitungen. Der große Wassermann, der gestern den Höhleneingang bewacht hatte, half ihnen. Er war gerade dabei, einen riesigen Sack mit Proviant ins Boot zu laden, und der sichtlich aufgebrachte Frappel versuchte ihn mit rudernden Armen davon abzuhalten.

»Ah, gut, dass ihr da seid!«, rief er den beiden entgegen. »Herrin«, sagte er zu der Flussnymphe. »Dein Diener versteht nicht, dass dieser Sack für uns zu schwer ist. Skratsch und ich können ihn nicht einmal zusammen anheben!«

Warna machte dem Wassermann mit einem entschiedenen Kopfnicken klar, dass er weitermachen sollte.

»Mach dir keine Sorgen, Frappel. Diesen Sack wird jemand tragen, der sehr viel stärker ist als ihr. Der Weg durch Schenn wird viele Tage dauern, und ihr braucht viel Proviant.«

Die Flussherrin prüfte nach, ob das Boot auch mit

allem beladen war, was mit auf den Weg sollte, und schickte dann den Wassermann fort. »Euren neuen Weggefährten werdet ihr schon bald kennenlernen. Ihr müsst nur ein paar Meilen flussabwärts mit dem Strom treiben. Ich begleite euch ein Stück, um euch den Weg zu zeigen. Fahrt schon mal los, ich bin gleich bei euch.«

Eri nahm wieder ihren gewohnten Platz in der Bootsspitze ein, der Wichtel richtete sich neben dem riesigen Sack mit dem Proviant ein. Frappel schob das Boot an und sprang hinten hinein. Die Flussnymphe winkte ihnen kurz vom Ufer aus zu und verschwand dann im Schilf. Kurz darauf hörten sie ein lautes Platschen, und Warna, wieder in Nixengestalt, steckte ihren Kopf neben dem Boot aus dem Wasser. Mit einer Geste bedeutete sie ihnen, ihr zu folgen, und so ließen sie die Insel der Najade hinter sich.

Es war ein heiterer Tag. Die Sonne stand schon hoch am Himmel, und die sanften Wellen warfen ihre Strahlen zurück. Der Wind wehte wieder aus dem Süden, und der Fluss trug sie so mühelos und zügig mit sich, dass Frappel sein Paddel nur hin und wieder ins Wasser tauchen musste.

Eri, die ihre Umgebung aufmerksam betrachtete, stellte fest, dass sich die Landschaft nach und nach veränderte. Die für Arkadien typischen weiten Blumenwiesen machten immer öfter dichten Baumgruppen Platz. Die sanften Hügel verschwanden, und an ihrer Stelle sah man nun felsige Erhebungen. Auf manchen von ihnen gipfelten dunkle, nackte Felswände, die an Burgruinen erinnerten. Alles wurde wilder und rauer.

»Wir nähern uns der nördlichen Grenze Arkadiens«, erklärte Skratsch, der Eris Interesse bemerkte. »Bald sind wir in Schenn.«

Frappel legte sein Paddel ab und zeigte nach vorne. »Seht mal, da ist die Biegung!«

Der Fluss, der sich stetig von Süden nach Norden durch Arkadien geschlängelt hatte, bog plötzlich nach Osten ab. Die Uferseiten dort waren von steilen Kalksteinfelsen umrahmt. Durch diese natürlichen Pforten strömte das Wasser in eine breite, gefährliche Schlucht, die selbst erfahrenen Fischern den Angstschweiß auf die Stirn trieb: Untiefen, felsige Schwellen, scharfkantige Steinhaufen und dazu in der Ferne das Donnern der gegen Hindernisse prallenden Wassermassen.

Die Flussgöttin tauchte direkt vor dem Bug aus dem Wasser auf und hielt das Boot mühelos an.

»Ihr müsst ans Ufer. Ich helfe euch!«

Sie schlug einmal kräftig mit ihrem langen Fischschwanz, und das Boot änderte die Fahrtrichtung. Zügig zog sie es hinter sich her.

»Macht das Boot fest und klettert dann die Böschung hinauf. Ich komme gleich nach«, sagte sie und verschwand in den Fluten.

Direkt am Ufer war die Strömung nur noch ganz schwach. Sie legten an und sprangen an Land. Frappel befestigte das Boot gewissenhaft mit einem Seil an einem aus dem Wasser ragenden Baumstumpf. Er wusste ja, dass sie es für ihren weiteren Weg nicht mehr brauchten, aber im Boot lag noch der schwere Sack, den der Wassermann hineingelegt hatte und den Frappel und Skratsch noch nicht einmal mit vereinten Kräften bewegen konnten. Aber sie machten sich deswegen keine Sorgen mehr. Schließlich wollte sich ja Warna darum kümmern. Sie nahmen nur ihre eigenen Sachen mit und kletterten die Böschung hinauf.

Der Hang war zwar hoch, aber nicht so steil, wie es am Anfang den Anschein gehabt hatte. Sie kletterten in der schon gewohnten Reihenfolge – Frappel zuerst, in der Mitte Eri und als Nachhut Skratsch – und kamen ganz schön aus der Puste. Oben angekommen, setzten sie sich zum Verschnaufen erst einmal unter einen schattigen Baum.

»Ich bin ein Hauswichtel und kein Bergwichtel«,

stöhnte Skratsch und wischte sich den Schweiß aus der Stirn.

Eri schaute sofort nach dem Ei im Körbchen. Die Ankündigung der Flussherrin, der Drache würde bald schlüpfen, hatte sie nicht vergessen. Aber das Ei sah aus wie immer, und der Drache machte keine Anstalten, sein sicheres Zuhause zu verlassen.

»Wenn dir der Korb zu schwer ist, Eri, kann ich ihn auch ein Stück tragen«, bot Frappel an.

Eri lächelte.

»Danke dir, Frappel, aber das ist nicht nötig. Das Ei ist federleicht, nur das Klettern fällt mir ein bisschen schwer. Ich bin es einfach nicht gewohnt.«

»Da haben wir beide aber Pech gehabt«, meldete sich Skratsch zu Wort. »Schenn besteht praktisch nur aus Hügeln und Felsen.«

Er zog mit einem schmerzverzerrten Gesicht seine Schuhe aus. Anscheinend hatte er sich fiese Blasen gelaufen.

Auf einmal hörten sie ein verdächtiges Rascheln aus dem Baum. Es klang, als hätte sich jemand oder etwas in der Baumkrone bewegt. Sie legten ihre Köpfe in den Nacken und sahen durch die Blätter der prächtigen Eiche ein bärtiges Gesicht mit hervortretenden Augen und buschigen Augenbrauen. Der im Baum sitzende Jemand kräuselte die Stirn, schaute sie grimmig an, holte tief Luft und sprach mit Nachdruck:

Schenn, oh du schönes Land,
wo die Mädchen süß wie Schmand
und golden wie das Morgenlicht.
Siehst du's nicht, bist du ein Wicht.

Den dreien verschlug es die Sprache. Mit weit geöffneten Mündern beobachteten sie, wie der bärtige Mensch mit einem einzigen Satz und Riesengetöse aus dem Baum auf den Boden sprang. Als er sich zu seiner vollen Höhe aufrichtete, entfuhr Eri fast ein Schrei. Er sah nämlich haargenau wie ein Räuber aus einer von Hannas Geschichten aus: Er trug einen abgewetzten Wolfspelz über den breiten Schultern, der mit einem dicken Stachelgürtel zusammengehalten wurde. Seine dunklen Haare waren lang und verstrubbelt und hatten allem Anschein nach seit Jahren weder Kamm noch Schere gesehen. Der dem Baum entsprungene Zottel plusterte sich bedrohlich auf und schwang vielsagend seine riesige, eisenbeschlagene Keule.

Frappel zog sein Klappmesser aus der Hosentasche, hielt es dem Unbekannten entgegen und rief kämpferisch: »Wir haben nichts, und wir geben nichts!«

Der Räuber lachte dröhnend und zeigte mit seiner Keule wortlos auf Eris Korb. Erschrocken packte sie den Griff und versteckte den Korb schnell hinter ihrem Rücken. Sie machte sich darauf gefasst, Warnas Geschenk jetzt benutzen zu müssen, denn ohne jeden Zweifel hatte Frappels kleines Messer keine Chance gegen die Keule des Räubers. Sie ließ ihre Hand unauffällig in die Tasche gleiten, um die Muschel herauszuholen, als ihr Blick auf Skratsch fiel. Der Wichtel ließ sich durch den Auftritt des gefährlichen Eindringlings offenbar keineswegs einschüchtern, sondern erklärte mit gerümpfter Nase: »Das ist ja ein total doofes Gedicht. Ich war schon mal in Schenn, und ich will nie wieder Grütze auf meinem Teller sehen, wenn es dort auch nur ein einziges süßes oder goldenes Mädchen gibt. Dafür gibt es aber jede Menge Warane und Echsen, die aus dem Maul stinken, gerne auch mal den einen oder anderen Oger oder Troll! Ein schönes Land ist mir das!«

Der zottelige Räuber riss verdattert die Augen auf. Die harsche Meinung des Wichtelmanns hatte ihn offenbar eiskalt erwischt. Er ließ seine Keule sinken, machte einen Schmollmund, schnaufte einige Male aufgeregt ein und aus und stammelte schließlich: »Schon mal was von dichterischer Freiheit gehört?

Ich kann reimen, worüber ich will, auch über süße Mädchen in Schenn, wenn mir danach ist. Und dich geht das gar nichts an!«

Jetzt war Skratsch so richtig verärgert. Er stemmte seine Hände in die Hüften und schrie den Räuber streitlustig an: »Dichterische Freiheit, sagst du? Wenn du reimen kannst, worüber du willst, dann kann ich auch kritisieren, wie ich will, und damit basta! Und übrigens: Schmand ist gar nicht süß!«

Das hatte gesessen und dem Zausel komplett die Sprache verschlagen. Wie sehr er auch nach einer passenden Antwort suchte, da kam einfach nichts. Frustriert warf er seine Keule ins Gras, kratzte sich am Kopf, murmelte vor sich hin und sah Hilfe suchend zu den Wolken hinauf, als wartete er auf eine himmlische Eingebung. Skratsch stand breitbeinig da, ziemlich zufrieden mit sich selbst, und setzte schon zu einer weiteren Attacke an, als er Schritte hörte. Zwischen den Bäumen erschien die Flussherrin, ganz außer Atem.

»Entschuldigt die Verspätung, aber unterwegs … Oh, wie ich sehe, habt ihr Vergil schon kennengelernt.«

Der in Fell gekleidete Mensch verbeugte sich so tief und so respektvoll vor Warna, dass er mit seiner Nase fast über den Boden kratzte. Erst jetzt bemerkte die Flussgöttin Frappels kämpferische Pose und die herausfordernde Miene von Skratsch.

»Was ist hier passiert?«, fragte sie streng. »Vergil, hast du meine Freunde erschreckt? Schäm dich was!«

Der ertappte Übeltäter senkte den Blick und kratzte sich wieder am Kopf, verlegen diesmal.

»Ich wusste nicht, dass das deine Freunde sind, Herrin«, gab er zu.

Warna drohte ihm mit dem Finger.

»Außerdem wolltest du mit dem Räubern aufhören, aber ich sehe immer noch deine Keule …«

»Ach, die hab ich nur, um nicht aus der Übung zu kommen.« Der Räuber rückte ein kleines Stück zur Seite, in der Hoffnung, die im Gras liegende Keule mit seinem Körper verdecken zu können. »Wenn du willst, schmeiße ich sie in den Fluss«, schlug er vor. »Das mach ich wirklich, aber bitte sei mir nicht mehr böse!«

Eri verfolgte die Szene zwar aufmerksam, konnte aber nicht glauben, was sie da sah. Dem Gnom und dem Wichtel erging es nicht anders. Ihre fragenden Blicke wanderten von der Flussherrin zum zotteligen Räuber und zurück.

»Vergil ist ein guter Freund von mir«, erklärte Warna und zeigte auf den Zausel. »Er hat mir versprochen, sich von dem Räuberhandwerk zu verabschieden und sich dafür nur noch der Poesie zu widmen. Ihr müsst nämlich wissen, dass Vergil ein Dichter ist, oder besser, er möchte gerne ein Dichter werden.«

»Und der dicke Knüppel hilft ihm wahrscheinlich dabei, Verse zu kloppen«, bemerkte Frappel bissig.

Der große Räuber schien augenblicklich in sich zusammenzusinken.

»Die Keule ist nur … zur Übung …«, murmelte er beschämt vor sich hin. »Nur für alle Fälle …«

Die Flussherrin musste sich inzwischen das Lachen verkneifen.

»Na, was soll's. Wie man so schön sagt: Alles Schlechte hat auch sein Gutes. Deine Keule wird sich vielleicht noch als nützlich erweisen. Es gibt nämlich eine wichtige Aufgabe für dich, Vergil: Meine Freunde hier müssen durch den Süden von Schenn nach Lyria zu der weißen Hexe Wannafee gehen, und ich würde mir wünschen, dass du sie begleitest.«

Als der Räuber das hörte, drehte er ungläubig den Kopf und sah Eri, den Wichtel und Frappel so erstaunt an, als wären ihnen Hörner gewachsen und Flügel obendrein.

»Nach Schenn? Mit den seltsamen Figuren hier? Aber wozu? Und was sind das überhaupt für Leute?«, schoss er aufgeregt eine Frage nach der anderen ab.

»Und warum ausgerechnet ich? Schenn ist gefährlich, kein guter Platz für Dichter …«

Offensichtlich schien ihm diese Aufgabe nicht besonders zu gefallen. Die Flussherrin machte einen Schritt auf ihn zu und sah ihm ernst in die Augen.

»Sie brauchen Hilfe, und es gibt keinen außer dir, der sie nach Schenn führen könnte. Du bist stark und mutig, bei dir sind sie sicher. Wenn es nicht so wichtig wäre, würde ich dich nicht darum bitten. Ich würde sie ja selbst begleiten, aber wie du weißt, kann ich den Fluss nicht lange verlassen.«

Vergil ließ die Worte der Flussherrin durch Herz und Kopf ziehen. Er seufzte dabei schwer, sah lange zum Himmel hinauf, dann auf den Fluss, der unter ihnen silbrig glitzerte. Schließlich klopfte er sich fest aufs Bein und sagte entschieden: »Ich hab dir viel zu verdanken, Herrin des Flusses, und dein Wunsch ist mir Befehl. Ich werde mit ihnen nach Schenn gehen!«

Er legte feierlich seine rechte Hand auf die Brust und verbeugte sich noch einmal tief vor der Flussgöttin, die sich zu ihm neigte und ihm etwas ins Ohr flüsterte. Vergil nickte kurz, schnappte sich die im Gras liegende Keule und rannte den Abhang hinunter.

»Meine Lieben, uns bleibt nicht mehr viel Zeit«,

sagte Warna ernst. »Ich wollte es euch schon vorhin sagen: Auf dem Weg zu euch habe ich einige Eisenwölfe gesehen!«

Eri lief ein Schauer über den Rücken, und sie biss sich auf die Unterlippe. Widukind wusste offenbar, dass sie den Sturm überlebt hatten, und ließ sie noch immer verfolgen.

»Die Wölfe sind zwar noch weit weg, aber das Rudel folgt eurer Spur. Ich habe Vergil zum Boot geschickt, damit er den Sack mit dem Proviant holt. Wartet hier auf ihn. Ich werde inzwischen versuchen, die Wacken von eurer Spur abzulenken, damit ihr mehr Zeit gewinnt. Und jetzt müssen wir uns verabschieden. Auf Wiedersehen, liebe Freunde!«

Sie drückte jeden herzlich. Als sie Eri umarmte, glitzerten Tränen in ihren Augen.

»Denk an den Namen«, flüsterte sie. »Und vergiss nicht: Dein gutes Herz ist dein größter Schatz. Teile ihn mit dem kleinen Drachen.«

Sie strich ihr zum Abschied über den Kopf und lief zum Fluss hinab, hinter Vergil her. Eri, Frappel und Skratsch setzten sich wieder unter die große Eiche und warteten auf den zotteligen Räuber. Jeder war mit seinen eigenen Gedanken beschäftigt. Die Neuigkeiten der Flussgöttin hatten sie alle sehr beunruhigt. Ihre Hoffnung, die Wölfe hätten nach dem Sturm ihre Spur verloren, hatte sich nicht erfüllt. Der durchtriebene Zauberer schreckte vor nichts zurück, um an das Drachenei zu kommen. Je mehr Zeit verging, desto ungeduldiger wurde er und damit umso gefährlicher.

Nach einigen Minuten erschien der vom steilen Aufstieg schwer atmende Räuber. Auf dem Rücken trug er den dicken Proviantsack. Mit einer Geste forderte er sie auf, ihm zu folgen. Sie verließen die Eiche und entdeckten, dass auf sie schon bald der nächste, noch höhere Hügel wartete. Niemand beklagte sich, nicht einmal Skratsch, dem die Nachricht von den Eisenwölfen offenbar Ansporn genug war. Als sie den Gipfel erreicht hatten, drehte sich Eri noch einmal zum Fluss um.

»Seht mal, da ist unser Boot!«, rief sie und zeigte auf das Wasser. »Und Warna!«

Das leere Boot schaukelte in der Flussmitte auf den Wellen. Hinter ihm schwamm die Flussherrin und lenkte es direkt in die Schlucht, dort, wo das Wasser brodelnd schäumte und gegen die Felsen schlug.

»Clever!«, kommentierte Frappel bewundernd. »Die Eisenwölfe werden in der Schlucht die Reste des zerstörten Bootes finden und flussabwärts nach uns suchen, während wir inzwischen in die andere Richtung gehen.«

Skratsch nickte. »Ja, das sollte funktionieren und uns ein bisschen Zeit verschaffen.«

Vergil pfiff durch die Zähne, als Zeichen zum Aufbruch. Sie winkten der Flussgöttin noch einmal zum Abschied zu, drehten sich um und schlugen den Weg nach Schenn ein.

6. Unterwegs nach Schenn

Vergil erwies sich schnell als ein prima Weggefährte. Er kannte sich aus, und er war, wie von der Herrin des Flusses versprochen, stark und ausdauernd. Den riesigen Proviantsack trug er ohne Klage, wahrscheinlich, weil er dessen Gewicht kaum spürte. Hin und wieder blieb er stehen, aber nicht, um sich auszuruhen, sondern weil er auf Eri, Frappel und Skratsch mit ihren kurzen Beinen warten musste. Während Vergil mit Leichtigkeit über entwurzelte Bäume und Bodenlöcher sprang, mussten seine kleinen Begleiter manche Hindernisse umgehen. Der angehende

Dichter versuchte auch, die beschwerliche Wanderung mit kleinen Reimen angenehmer zu machen:

Mutig vorwärts, bald ist's Abend.
Lasst uns eilen, lasst uns hasten!
Bald schon werden wir fein rasten,
uns an klaren Quellen labend.

»Hat hier jemand schon mal eine Quelle gesehen?«, fragte Skratsch missmutig, vom Talent des Räubers eher unbeeindruckt. »Seit wir den Fluss verlassen haben, ist mir nicht ein einziger Tropfen Wasser untergekommen.«

Und tatsächlich, nachdem sie den Hügelstreifen in Flussnähe hinter sich gelassen hatten, wanderten sie über eine Ebene, die bis zum Horizont mit völlig ausgetrocknetem Gras bewachsen war. Die Steppe war von Felsspalten und engen Schluchten durchbrochen. Die Landschaft sah aus, als hätten vor Urzeiten Giganten zum Spaß im Boden mit Stöckchen herumgestochert: Hier mach ich mal ein Loch, da eine Rille. Das Ergebnis dieses Spiels machte den Wanderern schwer zu schaffen. Oft mussten sie umkehren, um Bodenspalten zu umgehen, die sogar für Vergil zu tief und zu breit waren. Auf diesem tristen Gelände gab es weder Flüsse noch Bäche. Am schlimmsten aber setzte ihnen die sengende Sonne zu. Und auch Bäume, die Schatten hätten spenden können, waren weit und breit nicht zu sehen. Eri fiel jetzt immer mehr zurück. Niemals zuvor hatte sie so weit laufen müssen. Sogar Mafaldas Hütte war nur eine Meile vom Dorf entfernt gewesen. Ihre müden Füße waren angeschwollen, und die Schuhe drückten. Irgendwann schleppte sie sich nur noch so dahin. Frappel bot an, ihr zu helfen und den Korb mit dem Ei zu tragen, aber das wollte Eri nicht. Vergil hatte vorgeschlagen, sie für den Rest des Weges huckepack zu tragen, aber auch das lehnte Eri ab.

Und so kamen sie nicht besonders weit, obwohl sie den ganzen Tag unterwegs gewesen waren.

»Wir sollten uns bald ein Nachtlager suchen«, meinte Frappel mit Blick auf die untergehende Sonne. Vor allem aber machte er sich Sorgen um Eri. »Wie lange werden wir noch durch diese ungastliche Landschaft wandern müssen?«, fragte er Vergil.

Der Räuber blieb stehen, warf den Sack auf den Boden und sah sich aufmerksam um, auf der Suche nach Anhaltspunkten.

»Zwei, vielleicht drei Tage«, sagte er. »Unser Weg wird sich bis zur Grenze von Schenn leider nicht ändern. Aber danach wird es leichter.«

Da sich alle einig waren, für heute genug gelaufen

zu sein, suchte sich jeder ein Plätzchen zum Ausruhen. Von ihrem flachen Hügel aus, der mit Gras und Gestrüpp bewachsen war, hatten sie einen guten Blick auf die Umgebung, aber Vergil war noch nicht zufrieden.

»Das ist kein guter Rastplatz, viel zu offen«, erklärte er mit Bestimmtheit. »Man kann uns hier von überall sehen. Wartet hier, ich sehe mich mal kurz um.«

Keiner widersprach. Skratsch plumpste auf den Boden und zog sofort seine Schuhe von den Füßen. Frappel holte aus seinem Rucksack einen ledernen Wasserbeutel und reichte ihn Eri. Sie atmete schwer, und ihre Lippen waren trocken und rissig.

»Trink«, sagte Frappel. »Aber lass noch was übrig. Wer weiß, wann wir zu diesen sagenhaften Quellen kommen …«

Eri nahm einen Schluck und merkte erst jetzt, wie durstig sie wirklich war. In dem Moment kam Vergil zurück.

»Das hab ich gehört«, knurrte er den Gnom säuerlich an und fügte lauter hinzu: »Wenn ihr noch fünfzig Schritte hinkriegt, werdet ihr an die versprochenen Quellen kommen.«

Eri, Frappel und Skratsch rafften sich mühsam auf und schlurften dem Räuber hinterher. Er führte sie nach links zu einer nicht allzu tiefen Bodenspalte, in der sie sich problemlos verstecken konnten. Der Boden der flachen Schlucht war mit Sand und Kieseln bedeckt. Zu ihrer Verwunderung war dort tatsächlich auch ein kleiner Bach, der unter einem bemoosten Felsbrocken hervorquoll und lustig zwischen den Steinen dahinplätscherte. Eri zog sofort ihre Schuhe aus und tauchte ihre schmerzenden Füße mit einem Seufzer der Erleichterung ins kalte Wasser. Skratsch machte es ihr nach.

»Ich bitte vielmals um Entschuldigung, werter Dichter«, sagte Skratsch und wackelte mit den Zehen im plätschernden Bach. »Deine Reime scheinen wohl doch manchmal der Wahrheit zu entsprechen.«

Vergil bedankte sich mit einem Zweizeiler für das Kompliment:

Wenn ich dichte, trallala,
dann ist jedes Wörtchen wahr.

Dann machte der Poet sich daran, den Sack auszupacken, den sie von Warna bekommen hatten. Es stellte sich heraus, dass die kluge Flussgöttin an alles gedacht hatte. Außer Lebensmitteln waren für die Wanderer vier warme Decken aus Schafwolle eingepackt. Außerdem für jeden ein Hemd aus grobem

Leinen, gut gegen Wind und sogar Regen. Dann waren da noch Schals und – extra für Eri – ein kleines, mit Daunen gefülltes Kuschelkissen, das sie sofort dankbar an ihre Wange schmiegte. Es erinnerte sie an das bequeme Bett in der Höhle der Flussherrin, in dem sie so gut geschlafen hatte.

Die Übernachtung hier draußen würde weniger bequem werden, aber es hätte auch schlimmer kommen können. Vergil schickte seine drei Gefährten an die Ränder der Schlucht, wo sie Gras und Moos zum Auspolstern ihres Nachtlagers sammeln sollten. Er selbst zog auch los und kehrte bald mit einem Armvoll trockener Zweige und Äste zurück, die er für das Lagerfeuer in kürzere Stücke brach. Der Gnom zündete das Feuerholz an, und währenddessen zog der Räuber einen Topf aus dem Sack, der sehr viel größer war als Frappels kleiner Kessel. Vergil füllte ihn mit Wasser und setzte ihn aufs Feuer.

»Wer kocht?«, fragte er und blickte mit einer Unschuldsmiene in die Runde. »Also, ich kenne da ein gutes Rezept für eine Räubersuppe. Ich müsste nur mal kurz los und zwei Eidechsen fangen …«

Skratsch winkte mit beiden Händen entsetzt ab.

»Vielen Dank, gnädiger Herr, aber ich schlage etwas aus der Wichtelküche vor. Wie wär's mit Speckgrütze?«

Da es keine Gegenstimmen gab, machte sich Skratsch an die Arbeit. Wie von Warna versprochen, war reichlich Grütze unter dem Proviant. An Speck, Salz, Pfeffer und anderen Gewürzen mangelte es auch nicht. In dem scheinbar bodenlosen Sack befand sich auch eine ordentliche Pfanne, und schon bald zog ein köstlicher Duft von gebratenem Speck durch die Schlucht. Im Nu ließ sich jeder mit einem gut gehäuften Teller Grütze am Feuer nieder. Nach dem langen Wandertag langten alle ordentlich zu, und keiner störte sich daran, dass der Wichtel mit dem Salz etwas zu großzügig gewesen war. Satt und zufrieden reimte Vergil:

Pfeifst du aus dem letzten Loch,
ist Hunger noch der beste Koch.

Auch Skratsch war nun wieder gänzlich guter Dinge und fragte interessiert: »Und wann und warum bist du unter die Dichter gegangen, werter Herr Räuber?«

Vergil schluckte den letzten Bissen Grütze runter, seufzte schwer und schaute auf zum Himmel, an dem die ersten Sterne erschienen waren. Das In-den-Himmel-Gucken schien eine besondere Angewohnheit von Poeten zu sein.

»Das wird eine sehr traurige Geschichte«, warnte er sie vor, und sein Gesicht verzog sich. »Die Väter und Vorväter in meiner Familie waren alle waschechte, redliche Räuber. Man kannte sie in ganz Arkadien, im Fürstentum Kori und in den Nordlanden. Pah, sogar die Bewohner der Düsterberge, die nicht gerade zimperlich sind, zitterten vor ihnen. Da war zum Beispiel mein Urgroßvater Homer. Die Kaufleute erzählten mit großer Ehrfurcht, dass seine Überfälle außerordentlich schnell abliefen und sorgfältig geplant waren. Und sein Sohn Pindar, mein Großvater, wurde berühmt, weil er in den Fandorwäldern an nur einem einzigen Tag ganze drei Karawanen aus Lyria ausgeraubt hatte …«

Vergil unterbrach sich, schaute wieder zum Himmel und nahm sich ein Stück Obst. Es musste schnell gegessen werden, solange es noch gut war. Deshalb griffen alle zum Nachtisch zu den Pfirsichen und Aprikosen aus dem Sack.

»Pindars Sohn, also mein Vater, heißt Ovid. Er ist ein Räuber und Wegelagerer erster Güte, der nicht einen einzigen Reisenden zwischen den Fandorwäldern und Lyria ungeschoren davonkommen lässt. Man hat ihn deshalb schon den König von Arkadien genannt. Ich als sein Sohn sollte in seine Fußstapfen treten, aber …«

Er warf ihnen einen gequälten Blick zu.

»… ich kann es nicht! Ich hab das Räubern nicht in mir, und ich mag es einfach nicht!«, brach es aus ihm heraus. In seiner Stimme lag echte Verzweiflung. Nach einer kleinen Weile seufzte er schwer und fügte etwas ruhiger hinzu: »Was nicht heißen soll, dass ich nicht einen Reisenden nach allen Regeln der Kunst überfallen oder einem Schäfer seine Herde wegnehmen könnte. In meinem Beruf kenne ich mich aus …«

»Ja, das haben wir gesehen«, gab Frappel trocken zurück. »Wie man mit der Keule umgeht, weißt du – keine Frage.«

Vergil verzog das Gesicht, als wäre ihm die Erinnerung unangenehm.

»Etwas zu können und etwas zu mögen ist ein großer Unterschied«, sagte er und warf den Pfirsichkern in die Büsche. »Schon als ich ganz klein war, zog es mich eher zu den Geschichtenerzählern und wandernden Barden, die am Lagerfeuer ihre Oden und Lieder vortrugen. Ich habe ihnen stundenlang zugehört, bis zum Morgengrauen, und dann war mein Kopf voller wunderbarer Melodien, Reime und Rhythmen. Irgendwann fing ich selbst an, über alles Mögliche zu reimen und zu dichten: über die bunte Blumenwiese, die Morgensonne, den Regenbogen am Abend, den hurtig dahineilenden Fluss, über schöne Frauen und sogar über das Räuberhandwerk.«

Mit einer Hand auf der Brust trug er leidenschaftlich eines seiner Gedichte vor:

Wenn die Nacht im Sterben niedersinkt
und der Morgen flammend aus dem Bette springt,
wacht die Räuberkeule tatendurstig auf
und ruft: Hau drauf, hau drauf, hau drauf!

»Was? Nicht gut?«, fragte er seine offensichtlich nur mäßig begeisterten Zuhörer. »Meine Familie war auch nicht begeistert von meiner Dichtkunst. Als ich für meinen Opa eine Ode auf sein Holzbein dichtete, versohlte er mich damit so gründlich, dass mir bis heute der Rücken zwickt. Auch mit den Raubüberfällen lief es nicht so toll. Wie will man auch vernünftig räubern, wenn man während eines Überfalls eine Eingebung bekommt? Wenn so was passiert, muss man als Dichter sofort die Einsamkeit suchen und in Ruhe seine Gedanken sammeln und Verse dichten. Aber meint ihr, die Kaufleute oder Reisenden wären so geduldig gewesen, zu warten, bis ich mein Werk vollenden und zurückkommen konnte? Nein, die Undankbaren nahmen Reißaus

und retteten sich und ihre Habe. Tja, was will man auch von Kunstbanausen erwarten …«

Er verstummte, senkte den Kopf und blickte mit finsterer Miene in das verlöschende Feuer. Jetzt sah er gar nicht mehr groß und gefährlich aus. Niemand sagte etwas, und niemand rührte sich.

»Und dann hab ich einmal eine Gruppe von Kaufleuten aus den Nordlanden mit Taschen voller Edelsteine überfallen«, fuhr Vergil nach einer Weile fort. »Aber dann kam mir eine Eingebung, und ich musste ein paar Verse über wunderschöne Perlen dichten. Als ich fertig war, fehlte von den Kaufleuten jede Spur, von ihren Schätzen natürlich auch. Für Pindar und Ovid war das der Tropfen, der das Fass zum Überlaufen brachte. Sie machten mir klar, ich sei eine Schande für die ganze Familie, und dann haben sie mich fortgejagt. Für immer.«

Die Stille war bedrückend. Frappel warf einen trockenen Ast ins Feuer. Die Flammen loderten kurz auf und erhellten die ums Feuer sitzenden Gestalten. Auf dem düsteren Gesicht des Räubers glitzerten Tränen.

»Sie wollten mich nicht haben, also bin ich gegangen. Zuerst irrte ich ziellos umher. Dann stellte ich mich auf einen großen Stein am Ufer der Warna. Zum letzten Mal in meinem Leben wollte ich mein bestes Gedicht vortragen, in dem es um die Schönheit der Herrin des Flusses ging, und mich dann in ihre Fluten stürzen. Als die letzten Worte meines Gedichts verklangen, erschien plötzlich …«

»Warna!«, rief Eri jubelnd aus.

»Ja, genau die«, bestätigte Vergil. »Sie sagte, dass sie mein Gedicht außerordentlich gut fand, und fügte hinzu: ›Wenn du kein Räuber sein willst, dann werde Poet.‹ Und dann, meine lieben Freunde«, mit diesen Worten drückte er die Brust raus und strahlte über das ganze Gesicht, »hat sie mich zu ihrem Hofdichter ernannt! Könnt ihr euch das vorstellen? Ich, Vergil, der Hofdichter der Flussherrin!«

Die Flammen flackerten wieder hoch. Diesmal hatte Skratsch ein Scheit ins Feuer geworfen.

»Ja, sie hat ein Herz aus Gold«, sagte er und legte noch ein paar Äste nach.

»Sie hat mir Hoffnung und Stolz geschenkt«, sagte Vergil feierlich. »Seitdem lebe ich am Flussufer, dichte Oden zu Ehren der Flussherrin und versuche jeden Tag, ihr etwas Gutes zurückzugeben. Sollen doch Pindar und Ovid so viel räubern, wie sie wollen, ich habe die Poesie erwählt und bin glücklich damit!«

»Ja, das ist auch gut so. Schließlich sagt man: ›Besser ein Spatz in der Hand als eine Taube auf dem

Dach‹«, merkte Skratsch schelmisch an, mit einem Seitenblick zu Eri und Frappel. Das Mädchen drohte ihm unauffällig mit dem Zeigefinger. Es gefiel ihr nicht, dass Skratsch sich über den unglückseligen Räuber lustig machte. Was er brauchte, war Mitgefühl und kein Spott. Außerdem fand sie, dass man ihn in seiner Entscheidung, das Räubern zu lassen, unterstützen sollte.

»Es gehört sich nicht, Menschen zu überfallen und ihnen ihre Sachen wegzunehmen«, sagte Eri deshalb. »Man fügt ihnen damit großes Leid zu. Ein Kaufmann zum Beispiel macht sich auf den Weg mit seinen Waren, um Geld für seine Familie zu verdienen. Wenn er von der Reise wiederkommt, beraubt und ohne Geld, muss seine Familie hungern! Ich weiß noch genau, wie es war, als mein Papa auf dem Weg von den Nordlanden überfallen worden war. Irgendein Schurke hat ihm alles geraubt, was er dort verdient hatte. Der Winter danach war für uns sehr lang und schwer, unsere Mägen knurrten ständig. Hast du an so etwas mal gedacht, Vergil?«

Der ehemalige Räuber senkte beschämt den Kopf.

»Warna hat das Gleiche gesagt, über das Unrecht und die hungrigen Kinder«, sagte er mit dumpfer Stimme. Er sah ziemlich zerknirscht aus. »Ich habe der Flussherrin versprochen, damit für immer aufzuhören. Und überhaupt, so viele Kaufleute hab ich ja gar nicht ausrauben können, weil sie sofort abgehauen sind, wenn mich eine Eingebung übermannte …«

Das klang so kläglich und gleichzeitig so komisch, dass seine Zuhörer in Lachen ausbrachen. Vergil hob seinen Kopf und schaute sie fragend an, unsicher, ob sie ihm seinen früheren Lebensstil übel nahmen. Aber anscheinend sahen sie keinen Grund, warum sie böse auf ihn sein sollten, und so beendeten sie fröhlich ihre nächtliche Mahlzeit mit einem leckeren Stück Pflaumenkuchen.

»So ein Festmahl wird es ab sofort nicht mehr geben«, bemerkte Vergil. »Wenn wir das frische Obst und den Kuchen aufgegessen haben, bleiben uns nur noch Trockenbrot, Grütze und geräuchertes Fleisch. Oder aber wir schaffen es, irgendwas zu jagen. Dein Pfeil und Bogen, Herr Gnom, könnten sich als nützlich erweisen.« Er deutete auf den Köcher, den Frappel schon seit Beginn ihrer Reise mit sich trug.

»Und das schon sehr bald«, sagte Skratsch leise und zeigte zum Rand der Felsspalte. »Seht mal, wer zu Besuch kommt …«

Durch das Licht des Lagerfeuers sahen sie am Ausgang der Schlucht, wie sich etwas bewegte. Ein nicht allzu großes Tier. Eri schaute genauer hin und streckte ihre Hand aus. Das Tier machte ein paar Schritte auf sie zu, und sie erkannten ein junges rotbraunes Reh mit großen schwarzen Augen, das auf einem Büschel Gras herumkaute. Das Reh näherte sich, von Eri angelockt, dem Lagerfeuer ohne jede Furcht. Es machte einen langen Hals und zupfte an dem achtlos weggeworfenen Rest eines Apfels.

»Oh, was für ein Glücksfall!«, flüsterte Vergil begeistert. »Es gibt Rehbraten zum Frühstück! Über Nacht wird er gar und butterzart.«

»Untersteht euch!«, rief Eri entrüstet. »Finger weg von meinem Reh!«

Das Tier, durch den Schrei aufgeschreckt, hörte auf, an dem Kerngehäuse zu knabbern, hob den Kopf, lief aber nicht weg. Eri streckte beruhigend ihre Hand aus, und das Reh kam noch näher und leckte ihre Handfläche. Eri legte ganz sacht ihre Arme um den Hals des Rehs, und das Tier bettete seinen Kopf vertrauensvoll auf Eris Schulter.

Skratsch konnte kaum glauben, was er da sah, und schluckte hörbar.

»Hast du das gesehen?«, flüsterte er Frappel zu.

»Darum hat Mafalda Eri ausgesucht«, murmelte der Gnom zurück, aber so leise, dass weder Eri noch Vergil ihn hören konnten. »Sie hat eine Gabe.«

»Sie ist eine Wissende?«, fragte Skratsch nach, aber

Frappel antwortete nicht, sondern beobachtete fasziniert, wie Eri die weiche Rehnase streichelte. Das Tier zeigte überhaupt keine Angst, obwohl so viele Fremde um es herum waren.

»Tja, aus dem Braten wird wohl nichts«, sagte Frappel laut. »Aber morgen versuche ich mal ein Steppenkaninchen zu jagen. Ich habe heute einige von ihnen zwischen den Grasbüscheln hoppeln sehen.«

»Und was machen wir jetzt damit?«, fragte Vergil verwirrt.

»Das Reh bleibt bei mir«, erklärte Eri in einem Ton, der jede weitere Diskussion beendete. »Ich nenne es Feder, weil Rehe so federleicht springen können.«

Als das Tier seinen Namen hörte, sah es das Mädchen aus seinen pechschwarzen Augen an und nickte mit dem Kopf, als sei es mit der Namenswahl seiner Beschützerin einverstanden.

Inzwischen war es spät geworden. Skratsch gähnte geräuschvoll, wickelte eine Wolldecke von Warna um sich und suchte sich ein Plätzchen auf dem mit Gras ausgelegten Nachtlager. Frappel blickte dem Wichtel hinterher.

»So geht das aber nicht, werter Kollege. Wir müssen Wachen aufstellen. Wer weiß, was hier in der

Nacht durch die Gegend kreucht und fleucht«, erklärte er streng. Aber als Antwort bekam er nur das regelmäßige, leise Schnaufen des Wichtels, der augenblicklich eingeschlafen war, ohne einen weiteren Gedanken an seine Umgebung zu verschwenden.

»Ganz meiner Meinung«, sagte Vergil. »Ohne Nachtwache geht es nicht. Wie es aussieht, fällt der Wichtelmann heute Nacht aus, deshalb übernehme ich die erste Runde – bis zum ersten Hahnenschrei –, und dann bitte ich um Ablösung, Herr Gnom.«

Frappel wollte gerade nachfragen, wie er in dieser Einöde irgendeinen Hahn hören sollte, aber Vergil war schon aufgesprungen und bald am Rand der Schlucht in der Dunkelheit verschwunden.

Frappel räumte noch ein bisschen auf, spülte das Geschirr im Bach und half Eri dabei, sich auf dem Boden bequem einzurichten. Bevor sie sich hinlegte, sah sie noch fürsorglich nach dem Drachenei. Erst dann mummelte sie sich in die warme Decke ein, rollte sich auf dem Graslager zusammen und schmiegte ihr Gesicht ins weiche Kuschelkissen. Das Reh suchte sich einen Platz zu Eris Füßen.

Bei diesem Anblick lächelte Frappel und legte noch ein paar Zweige ins Feuer. Dann setzte er sich hin und streckte die Handflächen den wärmenden Flammen entgegen. Die Nacht würde kühl werden.

Er schaute in das verlöschende Feuer und dachte mit Sorge an den Weg, der noch vor ihnen lag. Was würde die Zukunft bringen? Anders als seine Weggefährten wusste er ganz sicher, dass die größten Schwierigkeiten noch vor ihnen lagen.

7. Der Name des Drachen

Der zweite Tag der Wanderschaft durch die Einöde der Randregionen von Arkadien und Schenn verlief ganz wie der erste. Sie gingen durch die flirrend heiße, steppenartige Ebene und sehnten sich nach ein bisschen Schatten. Bäume gab es auf dem Weg nur spärlich. Und auch wenn sie das Glück hatten, auf einen zu stoßen, erlaubte es ihnen Vergil sich nur so lange auszuruhen, wie er dafür brauchte, in die Baumspitze zu klettern und die Umgebung abzusuchen. Danach sprang er wieder herunter und trieb die Gruppe weiter an. Auch wenn es schwerfiel, murrte keiner, denn sie wussten ja, warum er es so eilig hatte: Die Eisenwölfe waren immer noch hinter ihnen her.

Frappel drehte sich immer wieder um und suchte mit besorgtem Blick den Horizont nach dem verräterischen metallischen Glitzern der Wacken ab. Bis jetzt hatte er zwischen den Grasbüscheln und dem Gestrüpp nichts entdecken können, beruhigt war er deshalb aber noch lange nicht. Er wusste, wie gerissen und hartnäckig Widukind war. Er würde sie nicht einfach in Ruhe lassen.

Eri empfand die Wanderung am zweiten Tag nicht mehr so schlimm, vielleicht, weil sie jetzt ihren tierischen Freund an der Seite hatte. Feder trabte anmutig neben dem Mädchen her. Nur ab und zu machte das Reh einen Satz nach rechts oder links in die Steppe, wenn ihm ein Grasbüschel besonders interessant vorkam. Dann eilte es aber sofort zu Eri zurück und stupste sie liebevoll in die Seite, wie um ihr zu sagen: »Ich bin wieder da.« So verging die Zeit wie im Flug, und Eri merkte gar nicht, wie schnell sie heute vorankamen. Auch ihre Füße taten viel weniger weh als gestern. Das kalte Fußbad im Bach hatte geholfen, noch mehr aber die weichen Wollsocken, die Warna in den Sack einpacken ließ.

Auch Skratsch hatte sich über die Socken gefreut und eilte nun munter hinter Vergil her, hin und wieder ein Liedchen pfeifend. Warnas Hofdichter geizte nicht mit seinen Reimen und Skratsch nicht mit entsprechenden Kommentaren. In vielen Gedichten ging es um seine Vergangenheit als Räuber:

Eine feine Prügelei
macht dem Räuber sehr viel Spaß,
und es ist ihm einerlei,
ob 'ne Beule er verpasst.

»Das kann man so stehen lassen«, erklärte Skratsch großzügig. »Der Reim klingt durch und durch wahr. Hast du noch mehr davon?«

Vergil antwortete nicht. Er blieb plötzlich stehen und legte eine Hand ans Ohr. Er lauschte eine Weile, dann drehte er ungläubig seinen Kopf hin und her.

»Wacken?«, fragte Frappel ängstlich. Auch er hielt an und sah sich aufmerksam um.

»Nein«, antwortete der Räuber, aber die Sorge stand ihm ins Gesicht geschrieben. »Ein Steppensturm ist auf dem Weg zu uns. Sehr ungewöhnlich für diese Jahreszeit … Seht ihr diese Staubwolke?«

Sie schauten nach Osten, wo direkt über dem Horizont eine graue Wolke aufzog. Sie war weit weg und sah nicht besonders bedrohlich aus, aber Vergil wirkte sehr beunruhigt.

»Wir müssen sofort Schutz suchen. Nur so können wir den Sturm heil überstehen«, rief er. Mit seinen scharfen Augen suchte er die Umgebung ab, bis er schließlich fand, wonach er gesucht hatte. »Da! Lauft zu dem Felsen, so schnell ihr könnt!«

Diesmal versuchte noch nicht einmal Skratsch zu diskutieren. Sie rannten alle zu dem unförmigen großen Felshaufen. Eri war sich ziemlich sicher, dass das ein Steinträumer war, der vor Jahrhunderten in dieser Haltung erstarrte. Zum Glück war er groß genug, um der ganzen Gruppe genügend Schutz vor dem heftigen Sturm zu bieten.

Sie hatten es gerade geschafft, auf Vergils Anweisung hin Decken über ihre Köpfe zu ziehen und sich möglichst dicht an den Stein zu pressen, als der Sturm über sie hinwegfegte. Eri hatte eine flache Einbuchtung im Felsen gefunden, in die sie alle schnell hineinkrabbelten. Sie setzten sich ganz dicht beieinander, steckten die Köpfe zusammen, und gaben sich so auch gegenseitig Schutz. Der Himmel verdunkelte sich rasend schnell, der Wind heulte und peitschte, und die Luft füllte sich mit einer grauen, erstickenden Staubwolke. Ohne die Decken hätten sie nicht atmen können.

Der Sandsturm tobte die ganze Nacht. An ein Lagerfeuer oder ein warmes Essen war gar nicht zu denken. Vergil schob jedem ein Stück trockenes Brot und geräucherten Käse durch die Decken in

die Hand. Das musste bis zum Morgen reichen. Sie hätten ohnehin nicht viel mehr essen wollen, weil ihnen der Sand unangenehm zwischen den Zähnen knirschte.

Eri presste den Korb mit dem Drachenei die ganze Zeit fest an sich. Hin und wieder schob sie vorsichtig ihre Hand in den Korb und fühlte nach dem Ei. Es schien ein bisschen wärmer zu sein, machte aber ansonsten einen ruhigen Eindruck. Also legte sie irgendwann ihre Stirn auf dem Korbbügel ab und versuchte, ein bisschen zu schlafen. Es war nicht einfach, auch weil Feder nicht zur Ruhe kam, aber schließlich fiel Eri in einen leichten, unruhigen Schlaf.

Der Zauberer besuchte sie wieder im Traum.

Er sah noch finsterer aus und war noch übler gelaunt als beim ersten Mal. Mit einem durchdringenden Blick starrte er Eri an und runzelte drohend die Stirn.

»Gib mir den Drachen, wenn dir dein Leben lieb ist«, zischte er giftig wie eine Schlange. »Meine Eisenwölfe sind euch dicht auf den Fersen. Du kannst mir nicht entkommen, du kleines, dummes Mädchen! Wenn meine Biester euch kriegen, werden sie dich und deine Freunde in Stücke reißen. Gib mir das Ei, und ich werde euch verschonen. Wenn nicht ...«

Er beendete seine Drohung nicht, sondern funkelte sie noch einmal böse an. Dann sah sie, wie eine Horde von Eisenwölfen über die Steppe donnerte, dreißig, vielleicht vierzig von ihnen. Die Erde bebte unter ihrem wilden Galopp, das lärmende, metallische Rasseln tat in den Ohren weh. Die Bestien bewegten sich in einer breiten Front und trampelten alles nieder, was ihnen in den Weg kam. Trotz des ohrenbetäubenden Lärms hörte Eri immer noch das höhnische Lachen des Zauberers.

Dann verschwand die Vision plötzlich, und das sanfte Gesicht von Warna erschien in Eris Traum. Die Flussherrin schaukelte auf den Wellen und lächelte ihr aufmunternd zu.

»Er lügt. Der Sturm hat alles sauber gefegt. Die Eisenwölfe haben eure Spur verloren«, sagte die Flussgöttin beruhigend. »Widukind ist verzweifelt, weil der Drache sehr bald schlüpfen wird.«

Die Flussgöttin kam näher, und Eri sah jetzt die Sorge in ihren Augen.

»Vergiss nicht, bevor du ihm einen Namen gibst, denk an das, was du am meisten liebst …«

Dann tauchte Warna ins Wasser und verschwand. An ihrer Stelle erschien Eris Mama. Sie saß auf der Bank vor dem Fenster und hielt eine Handarbeit in ihren Händen, eine kleine Kinderjacke, sicher für Micha. Sie blickte von ihrer Arbeit auf, legte die Nadel weg und schaute mit traurigem Gesichtsausdruck in die Ferne. Bestimmt machte sie sich Sorgen um ihre Tochter, die eines Tages aus dem Haus gegangen und nicht mehr wiedergekommen war … Dann sah Eri Micha. Er konnte schon sitzen und hielt sich mit einer Hand an seiner Wiege fest. Er versuchte, etwas zu sagen. Eri strengte sich an, um ihn zu verstehen, und dann hörte sie … ihren Namen!

Sie wachte auf. Es war noch dunkel. Der Steppensturm tobte noch immer über ihnen. Eri wischte sich eine Träne aus dem Augenwinkel. Sie sehnte sich so sehr nach zu Hause, nach Mama, Papa und ihren beiden Brüdern. Was, wenn sie sie niemals wiedersehen würde? Diese Frage kreiste in ihrem Kopf, seit sie zusammen mit Frappel Mafaldas Hütte verlassen hatte und ins Ungewisse gezogen war.

Eri wusste, dass man sie zu Hause nicht vergessen würde. Mama wartete auf sie, und Micha, ihr kleiner Liebling, vermisste sie bestimmt auch. Sie durfte nicht zulassen, dass ein so böser Zauberer wie Widukind den Drachen in seine Finger bekam. Das wäre für keinen gut, nicht für Micha, nicht für Mama und auch nicht für ihre neuen Freunde, die ihr bei dieser schwierigen Aufgabe zur Seite standen. Dieser Gedanke flößte ihr neuen Mut ein. Sie zog den Korb näher an die Brust und ließ sich durch den heulenden Wind diesmal in einen festen, traumlosen Schlaf lullen.

Der Sturm beruhigte sich erst in den Morgenstunden, war dann aber so plötzlich vorbei, wie er begonnen hatte. Als die ersten Sonnenstrahlen kamen, ging kein Lüftchen mehr. Die vier Wanderer wachten allmählich auf, krochen unter ihren Decken hervor und klopften träge den Sand aus ihren Sachen. Nur Eri hatte einigermaßen gut geschlafen, die anderen dagegen sahen aus, als hätten sie kein Auge zugetan. Am lautesten darüber beklagte sich Skratsch und riss beim Gähnen den Mund so weit auf, als wollte er sie auffressen. Vergil brummte ein »Guten Morgen« und verschwand in einer nahe gelegenen Baumgruppe. Nach einer Weile kehrte er mit einem Armvoll trockener Äste zurück und fing an, sie für das Lagerfeuer zu zerkleinern. Dabei reimte er munter vor sich hin:

War die Nacht auch elend schlecht,
eine Suppe wär mir recht.

»Na, wie sieht's aus? Hat jemand Lust auf etwas Warmes zum Frühstück?«

Es gab keine Einwände, und schon bald prasselte das Feuer, über dem ein gut gefüllter Kessel hing.

Skratsch fuhr sich erwartungsvoll mit der Zunge über die Lippen. Frappel ärgerte ihn und behauptete, es gäbe keine Grütze mehr und sie müssten sich mit Speck und Möhren begnügen. Eri war nicht zum Herumalbern zumute, schließlich waren irgendwo da draußen Eisenwölfe hinter ihnen her.

»Sollten wir nicht so schnell wie möglich weitergehen?«, fragte sie besorgt und streichelte dem Reh über sein Fell. »Die Wacken könnten schon ganz nah sein.«

Vergil, der gerade in dem großen Sack wühlte, richtete sich auf und sah sich aufmerksam um.

»Nein, das glaube ich nicht«, sagte er. »Der Sandsturm hat alle unsere Spuren verwischt. Auch wenn sie vorher unsere Fährte aufgenommen haben sollten, im Sturm haben sie sie ganz sicher wieder verloren. Wir haben Zeit, uns ein bisschen zu stärken.«

Jetzt erst fiel Eri ein, dass Warna ihr im Traum das Gleiche gesagt hatte. Aber das wusste Frappel nicht und war nicht ganz überzeugt.

»Eri hat recht, wir können nicht vorsichtig genug sein. Ich werde mich mal umsehen, für alle Fälle«, verkündete er und kletterte auf den Felsen, unter dem sie ihr Lager aufgeschlagen hatten. Der Gnom war ein schneller und geschickter Kletterer, und schon bald stand er ganz oben auf dem Gestein. Er legte eine Hand über die Augen und schaute sich gründlich um.

»Gnome sind für ihre guten Augen berühmt«, merkte Skratsch an. »Sollten Wacken oder andere Ungeheuer in der Gegend sein, wird Frappel sie bestimmt entdecken. Und? Siehst du was?«, fragte er laut.

»Nein!«, rief dieser von oben herunter. »Die Wacken scheinen unsere Spur wirklich verloren zu haben!«

Bewundernd beobachteten die anderen, wie geschickt er die kleinen Ritzen und schmalen Felsstufen dazu nutzte, um sicher wieder nach unten zu kommen.

»Gekonnt ist gekonnt«, murmelte Skratsch anerkennend.

»Wie recht du doch hast, werter Herr Wichtel. Mein Volk ist dafür bekannt, die besten Kletterer hervorzubringen. Schließlich sind wir in der Felsenstadt zu Hause, die ihr, meine Freunde, bald mit eigenen Augen sehen werdet …«

Skratsch und Eri schauten ihn fragend an, weil sie noch nie von einer solchen Stadt gehört hatten, aber in diesem Moment schlug Vergil schwungvoll mit dem Kochlöffel gegen den Kessel und rief die Gesellschaft zum Frühstück. Sie schnappten sich ihre

Teller und begannen, mit glühender Begeisterung die Suppe zu löffeln, die Vergil gekocht hatte und zu der er ihnen Brot und Räucherkäse reichte. Nach der Mahlzeit holte der Räuber aus dem scheinbar unerschöpflichen Proviantsack noch getrocknete Pflaumen und Mandeln zum Nachtisch hervor.

»Ihr müsst euch eure Bäuche richtig vollschlagen«, meinte er. »Die Eisenwölfe werden nicht ruhen, ehe sie unsere Spur wieder aufgenommen haben. Deshalb werden wir ohne Pause den ganzen Tag wandern und erst am Abend wieder essen können.«

So viel Überredung brauchten sie gar nicht, um ihre Teller komplett leer zu essen. Ihre bisherigen Abenteuer hatten ihnen gezeigt, dass sie jeden friedlichen Augenblick nutzen mussten, um sich zu stärken. Schließlich wusste keiner von ihnen, welche Überraschungen dieser Tag für sie bereithielt oder was morgen sein würde.

Während des Frühstücks wanderten Eris Blicke immer wieder zu dem Körbchen, das etwas abseits stand. Feder lag direkt daneben und zupfte unermüdlich von den Blättern des jungen Birkenzweigs, den Vergil ihm mitgebracht hatte. Nach dem Sturm war das Steppengras noch trockener und außerdem so staubig, dass das Reh davon nur widerwillig gefressen hätte.

Als Eri mal wieder zu dem Korb sah, neigte er sich leicht zur Seite. Eri dachte, Feder hätte ihn aus Versehen angestoßen, und sprang auf, um ihn wieder gerade aufzustellen, aber Frappel hielt sie auf. Auch er hatte bemerkt, dass da etwas vor sich ging.

»Warte«, sagte er und fasste das Mädchen am Arm. »Ich glaube, es geht los …«

Der Korb wackelte nun merklich und immer heftiger. Eri war ganz gespannt. Das durch die Bewegungen aufgeschreckte Reh sprang hastig auf und versteckte sich hinter seiner Beschützerin. Der Korb schwankte und schaukelte inzwischen gewaltig, als würde in seinem Inneren ein gereiztes Tier herumtoben.

»Sollten wir ihm nicht helfen?«, fragte Eri, ohne den Blick von dem Korb abzuwenden.

»Nein, ich glaube nicht«, antwortete Frappel. Er bot Eri ein paar Mandeln an, aber sie schüttelte nur den Kopf. »Mach dir keine Sorgen, Eri, er kommt schon zurecht. Es dauert sicher auch nicht mehr lange«, fügte er hinzu, um das Mädchen zu beruhigen.

Jetzt stellten auch Skratsch und Vergil ihre Teller ab und sahen neugierig zu dem Korb. Nur der Gnom war die Ruhe selbst. Er knabberte an einer Trockenpflaume, während er gelassen das Körbchen beobachtete, das immer wilder hin und her schaukelte. Knackgeräusche gesellten sich dazu, dann eine kleine Staubwolke, zuletzt ein lauter Knall wie von einer zerbrochenen Tonschüssel. Der Korb neigte sich noch mehr zur Seite, zuckte noch einige Male und lag dann still und unbeweglich da.

Alle hielten den Atem an. Die Lumpen bewegten sich. Ein paar Fellfetzen fielen heraus, und dann konnten sie es alle sehen: Zwischen der Wolle und den Stoffresten blinzelte ein Auge. Ein kleines, rundes Auge, hellgrün wie ein Waldsee.

»Meine Damen und Herren, dies ist ein historischer Augenblick«, verkündete Frappel feierlich. »Darf ich vorstellen: ein Drache. Der erste seit eintausend Jahren.«

Das Drachenbaby krabbelte widerwillig aus dem Korb, scheinbar nicht besonders an der Welt um es herum interessiert. Zuerst schob es das vollständig grüne Köpfchen heraus. Seine längliche, schrumpelige Schnauze erinnerte an ein Seepferdchen und endete in einer schwarzen, glänzenden Hundenase. Kaum war der Kopf aus dem Korb, nieste das Drachenbaby. Die Luft war immer noch staubig und kribbelte ihm wahrscheinlich in der empfindlichen Nase. Der mächtige Nieser katapultierte es samt den restlichen Stofffetzen aus dem Korb.

Für Eri war es Liebe auf den ersten Blick. Der

Drache war wunderschön: ganz grün, mit einem orangegelben, zackigen Kamm, der vom Kopf bis zur Spitze des zuckenden Drachenschwanzes ging. Er tapste unbeholfen auf seinen Pfoten herum und versuchte sich unsicher mit seinen fledermausartigen Flügeln abzustützen. Der Drache war nur ein kleines bisschen größer als ein frisch geschlüpftes Küken und hätte mit Leichtigkeit in Eris zusammengelegte Handflächen gepasst. Als der Kleine es endlich geschafft hatte, aufzustehen, ohne umzufallen, gähnte er breit und zeigte dabei eine rosafarbene Kehle und zwei Reihen kurzer, messerscharfer Zähne. Dann schüttelte er sich wie eine Ente, die aus dem Wasser steigt, und sah Eri aus zusammengekniffenen Augen an. Dieser Blick traf sie wie ein Blitz mitten ins Herz.

Eri fühlte, wie Frappel sie sanft nach vorne schob.

»Jetzt!«, flüsterte er ihr ins Ohr. »Gib ihm einen Namen, schnell!«

Aber ihr Kopf war leer. Mafalda und Warna hatten ihr deutlich genug gesagt, wie wichtig der Name war, und sie hatte auch schon so oft darüber nachgedacht, aber es war ihr einfach keiner eingefallen. Außerdem glaubte sie, dafür noch genug Zeit zu haben. Denk nach, denk nach, sagte sie sich. Und dann schaute der Drache sie wieder an. Seine grünen, glänzenden Augen erinnerten sie an jemanden … An jemanden, der sie genauso angesehen und laut lachend seine Ärmchen nach ihr ausgestreckt hatte.

Micha!

Und jetzt wusste sie es.

»Du sollst Micha heißen«, sagte sie laut und deutlich. »Du wirst mein zweiter kleiner Bruder sein, und ich werde dich genauso lieb haben wie den anderen Micha, den ich verlassen musste.«

Das Drachenbaby, das gerade noch bewegungslos dastand, nickte mit seinem Köpfchen, wie um zu zeigen, dass es mit dem Namen einverstanden war. Frappel atmete hörbar erleichtert aus.

»Das ist ein sehr guter Name«, sagte er. »Fröhlich, voller Licht und Sonne. Du wirst ein guter Drache werden, Kleiner«, fügte er an den Winzling gewandt hinzu, der von der feierlichen Stimmung völlig unbeeindruckt war, sein Mäulchen aufriss und einen durchdringenden Schrei in die Welt entließ. Alle verzogen das Gesicht, weil das Geräusch ihnen in den Ohren schmerzte. Skratsch steckte sich schnell seine Finger in die Ohren.

»Was hat er denn bloß?«, fragte er vorwurfsvoll.

Der Babydrache kreischte immer lauter. Eri ging zu ihm, nahm ihn vorsichtig auf den Arm und drückte ihn zärtlich an sich. Tadelnd sagte sie: »Man sieht sofort, dass ihr beiden keine Ahnung von

Babys habt. Er ist hungrig! Wir müssen ihn füttern, aber ich weiß nicht, womit. Was essen Drachen denn überhaupt?«

Skratsch kratzte sich nachdenklich am Kopf und sagte: »Den alten Legenden zufolge fressen sie am liebsten Kühe, am besten frisch von der Weide. Ein Pferd würden sie sich bestimmt auch schmecken lassen, vielleicht sogar zusammen mit einem Ritter, der dumm genug war, einen Drachen jagen zu wollen … Aber was ein Babydrache frisst, kann ich euch auch nicht sagen.«

Eri streichelte dem Kleinen beruhigend über den Kopf. Das schien ihm sichtlich zu gefallen: Mit geschlossenen Augen lag er entspannt zusammengerollt in Eris Hand und machte einen sehr zufriedenen Eindruck. Und er stieß auch keine schrillen Geräusche mehr aus, sondern knurrte nur ganz wohlig vor sich hin.

»Warna meinte, dass man ihm am Anfang etwas getrockneten Fisch geben sollte, zerkleinert und in Wasser eingeweicht«, meldete sich Vergil zu Wort. »Wir haben einen guten Vorrat an getrocknetem Stör dabei.«

»Dann an die Arbeit!«, rief Frappel aus. »Bevor er wieder anfängt herumzuschreien.«

Sie gossen Wasser in eine Schüssel, dann krümelte Frappel etwas getrockneten Fisch hinein. Als der Fisch weich war, formte er daraus kleine Kugeln, und Eri stopfte sie dem Drachen direkt ins Mäulchen. Der Winzling schluckte das Futter gierig und ohne Protest. Als der Fisch alle war, sah er sie zufrieden an.

»Hmpf«, machte er und schickte ein kleines Drachenbäuerchen hinterher.

Skratsch sah ihn nachdenklich an.

»Ganz schön gefräßig, das Kerlchen. Lange kommen wir mit dem Fisch nicht aus«, bemerkte er.

»Nein, nicht lange«, stimmte der Gnom zu und suchte im Körbchen zwischen den Stoffresten nach den Stücken der geborstenen Eierschale. Sie glänzten noch immer schwarz und geheimnisvoll. »Als Nächstes wird er wohl auf Mäuse umsteigen … Wenn ich mich recht erinnere, haben Sie, werter Herr Wichtel, mit Nagetieren einige Erfahrungen.«

Skratsch wurde vor Ärger rot wie eine Tomate.

»Wie bitte? Ich soll für irgendeinen Drachen den Rattenfänger machen? Da kannst du lange drauf warten.«

»Schsch!«, machte Eri. »Micha will schlafen.«

Das Drachenbaby, satt und zufrieden, drehte sich träge in Eris Händen und gähnte, bereit für sein erstes Schläfchen.

»Leg ihn in den Korb«, riet Frappel und schob

ihn Eri entgegen. Er hatte den Korb inzwischen von allen Eierschalenresten befreit und wieder mit den weichen Lappen und Fellfetzen ausgekleidet. »Hier wird er es schön gemütlich haben.«

Der müde Drache kuschelte sich in sein weiches Nest und schloss die Augen. Vorsichtig klappten sie den Deckel zu.

»Soll ihn jetzt vielleicht einer von uns tragen?«, schlug Frappel vor. »Er wird schnell wachsen und immer schwerer werden …«

»Nein, danke, ich mach das schon«, sagte Eri. »Im Moment ist er noch ganz leicht. Und außerdem habt ihr doch keine Ahnung von Babys.«

Frappel und Skratsch sahen sich an und nickten. Das stimmte, von Säuglingen hatten sie keinen blassen Schimmer. Für eine weitere Diskussion blieb auch keine Zeit, Vergil rief zum Aufbruch. Ohne auf die anderen zu warten, war er schon dabei, ihre Habseligkeiten in den Sack zu packen. Er wollte auch das Feuer löschen, aber Frappel hielt ihn auf.

»Warte damit noch ein bisschen«, sagte er und begann, die Eierschalenstücke in die Glut zu werfen. Eri schaute interessiert zu, wie die Bruchstücke der schwarzen Schale im Feuer aufplatzten und unter einem seltsamen, durchdringenden Zischen zu weißer Asche wurden.

»Alles, was mit dem Drachen zu tun hat, ist gefährlich«, erklärte Frappel. »Vor allem sein Ei, auch wenn es schon leer ist. In den Händen eines Schwarzmagiers könnten diese Schalenstücke zu einer gefährlichen Waffe werden. Deshalb muss ihre Magie im Feuer vernichtet werden. Mit der Asche wird keiner etwas anfangen können.«

Frappel warf die Bruchstücke der Eierschale nach und nach ins Feuer, aber Eri bemerkte, dass ein kleines Stück heimlich in der Jackentasche des Gnoms landete. Eri nahm sich vor, ihn später danach zu fragen. Frappel wartete geduldig, bis auch das letzte Stück zu Asche wurde. Erst dann erlaubte er Vergil, das Feuer zu löschen.

Als alles eingepackt war und die Gruppe sich auf den Weg machte, verdunkelte sich plötzlich der am Morgen noch wolkenfreie Himmel, und ein Donner grollte unheilvoll über sie hinweg.

»Er weiß es«, murmelte Frappel und schüttelte sich, als hätte ihn etwas Kaltes und Glitschiges berührt.

»Dass er uns jetzt in Ruhe lässt, ist wahrscheinlich zu viel verlangt?«, fragte Skratsch, ohne eine Antwort zu erwarten.

8. Warten auf Knut

Vergil gab ein zügiges Tempo vor. Und auch wenn die Grassteppe kein Ende zu nehmen schien, kamen sie gut voran.

Es war heiß, aber nicht unerträglich, denn die grelle Sonnenscheibe wurde immer wieder von vorbeiziehenden Wolken verdeckt. Die Landschaft zeigte jetzt auch hier und da vereinzelte Felsbrocken und niedrige Steinhügel, die den Wanderern ankündigten, dass das bergige Schenn nicht mehr weit war.

Zwischendurch rasteten sie am Fuße eines moosbewachsenen Felsens, unter dem eine Quelle ihren Weg zur Erdoberfläche gefunden hatte. Sie füllten ihren Wasservorrat auf und fütterten den Drachen. Der Kleine war mittags aufgewacht und begann sofort lautstark sein Futter einzufordern. Nach der Mahlzeit rollte er sich zu einem Kringel zusammen und setzte sein Schläfchen wieder fort.

»Wenn er weiter so reinhaut, wird er sehr bald sehr viel größer sein«, bemerkte Skratsch. »Bist du sicher, dass er dir nicht zu schwer ist, Eri?«

Eri streichelte dem Drachenbaby über seinen smaragdgrünen Kopf und deckte ihn vorsichtig zu. Tatsächlich kam ihr Micha schwerer vor als noch am Morgen, aber das machte ihr nichts aus. Ganz im Gegenteil: Sie fühlte sich ausgezeichnet, viel kräftiger als zu Beginn der Wanderung. Bestimmt hätte sie sogar zwei von Michas Sorte tragen können.

»Vielen Dank, Herr Wichtel«, antwortete sie höflich. »Ich weiß, dass er bald zu schwer für mich wird. Und dann werde ich gewiss um Hilfe bitten, versprochen. Aber im Moment schaffe ich es noch alleine.«

Vergil wirkte besorgt. Während der Wanderung lief er oft vor, kletterte auf nahe gelegene Hügel oder

Bäume und beobachtete die Umgebung lange und sorgfältig. Auch Frappel hielt oft Ausschau, sah dabei aber nicht nach hinten, dorthin, wo die Wacken zu erwarten waren, sondern nach vorne, in Richtung Schenn. Es kam Eri unwahrscheinlich vor, dass die Wölfe die Gruppe in weitem Bogen überholen und dann von vorne angreifen würden. Um sicherzugehen, fragte sie Skratsch, was er davon hielt.

»Sehe ich auch so«, stimmte er ihr zu. »Sollten die Eisenwölfe unsere Spur aufnehmen, werden sie versuchen, uns möglichst schnell zu erwischen. Sie werden bestimmt keine Schnitzeljagd mit uns veranstalten.«

Das hörte sich vernünftig an, deshalb kam Eri Frappels Verhalten jetzt noch merkwürdiger vor. Je näher der Abend heranrückte, desto nervöser wurde der Gnom. Schließlich lief er kaum noch in der Gruppe mit, sondern hüpfte auf jeden größeren Stein und suchte die Umgebung fiebrig ab nach … ja, wonach denn eigentlich?

»Kannst du uns mal verraten, was los ist?«, fragte der Wichtel irgendwann. »Du suchst die Landschaft ständig nach den Wacken ab, guckst dabei aber immer in die falsche Richtung …«

Als hätte der Gnom die Frage nicht gehört, kletterte er wortlos wieder auf den nächsten Felsbrocken am Wegesrand und starrte angestrengt in Richtung der Berge am Horizont.

Inzwischen konnte man deutlich erkennen, wie hoch und zerklüftet sie waren. Schenn, die gebirgige Heimat der wilden Drachen, kam immer näher.

»Skratsch hat recht«, meldete sich Vergil zu Wort. »Die Wacken werden nicht aus Schenn kommen, sondern vom Fluss her, vielleicht noch aus dem Süden. Wonach suchst du also?«

Frappel schwieg immer noch. Er legte eine Hand über die Augen, um sie vor der tief stehenden Sonne zu schützen, und blickte nervös in die Ferne.

»Es ist sehr unhöflich, nicht zu antworten, wenn man etwas gefragt wird«, tadelte Eri ihren Freund. »Sag uns bitte sofort, was los ist!«

Der Gnom seufzte schwer, sprang vom Stein runter und setzte sich davor. Mit gesenktem Blick starrte er auf den Boden und dachte anscheinend verzweifelt nach. Er sah aus wie ein Häufchen Elend.

»Wenn er nicht kommt, wird es übel, ganz übel …«, sagte er schließlich, ohne aufzuschauen. »Ich kann den Weg zur Felsenstadt nicht allein finden. Das letzte Mal, als ich da war, ist schon ewig her. Ich kenne den Weg einfach nicht …«

Sie hörten ihm verwirrt zu. Wovon redete er da eigentlich?

»Felsenstadt?« Der Wichtel kratzte sich ratlos am Kopf. »Noch nie was von gehört.«

»Ich auch nicht«, sagte Vergil.

Frappel rieb sich mit seinen kleinen Fäusten über die Augen.

»Man nennt sie auch die Stadt der Gnome. Sie ist die Heimat meines Volkes, eine aus dem Fels gehauene, verborgene Stadt an der Grenze zu Schenn. Wir Gnome sind klein und nicht besonders stark, deshalb haben wir nach dem Krieg mit den Drachen, in dem viele von uns umgekommen sind, beschlossen, uns vor der Welt zu verstecken. Viele Generationen von Gnomen haben an der Felsenstadt in den Bergen von Schenn mitgebaut. Man kann sie nur durch ein Labyrinth aus Schluchten, Tunneln und Höhlen erreichen. Es ist kompliziert und hat viele Irrwege, um ungebetene Gäste von der Stadt fernzuhalten. Den richtigen Weg kennt nur eine kleine, ausgewählte Gruppe von Gnomen. Alle anderen, die das Labyrinth leichtfertig betreten, finden nicht mehr hinaus …«

»Na gut«, sagte Skratsch, setzte sich neben Frappel auf den Boden, zog seine Pfeife aus der Tasche und fing an, sie mit Tabak zu stopfen. »Aber was hat das, lieber Freund, mit uns zu tun? Und wonach hältst du so aufgeregt Ausschau?«

Eri und Vergil setzten sich zu ihnen und warteten gespannt auf Frappels Antwort. Der seufzte noch einmal schwer und sah sie ratlos an.

»Es geht um Knut, meinen Cousin. Er sollte hier in der Gegend auf uns warten. Er kennt den Weg in die Felsenstadt und sollte uns hindurchführen.«

»Moment mal«, meldete sich Eri zu Wort. »Wie hat dein Cousin überhaupt von uns und unserer Wanderung nach Schenn erfahren?«

»Das war Mafaldas Idee. Sie hatte ja schon länger mit einem Angriff von Widukind gerechnet und deshalb einen Plan vorbereitet. Wir haben uns gedacht, dass wir auf dem Weg nach Schenn Hilfe brauchen würden, und beschlossen, mein Volk in der Felsenstadt darum zu bitten. Vor einigen Monaten, als Mafalda ihre Schwester Wannafee in Lyria besuchte, machte sie einen Abstecher in die Stadt der Gnome und sprach mit unserem Ältestenrat. Der hat ihr versprochen, meinen Cousin loszuschicken, sobald sie das verabredete Zeichen bekommen hätten. Als die Eisenwölfe in unserem Wald aufgetaucht sind, habe ich selbst eine Taube mit diesem Zeichen losgeschickt. Aber wie es scheint, ist die Taube nicht angekommen, denn Knut ist nicht hier. Und ich weiß nicht, was ich jetzt machen soll! Wenn die Wacken erst unsere Spur finden, gibt es für uns keine

Rettung! In der Felsenstadt aber wären wir vor ihnen sicher, dort können sie nicht hinein.«

Die Stille nach Frappels Bericht war erdrückend.

»Vielleicht hat sich ein Habicht oder Sperber die Taube geschnappt?«, dachte Vergil laut nach.

Skratsch paffte nachdenklich an seinem Pfeifchen. Plötzlich runzelte er die Stirn und fragte: »Wo ist denn diese Wolfsschlucht?«

Frappel winkte mit seiner Hand hinter sich.

»Da hinten, ein Stückchen zurück. Wir sind gerade daran vorbeigegangen. Es ist die Schlucht, die aussieht wie eine Wolfsschnauze. An ihrem oberen Rand steht ein vertrockneter Birkenbaum. Genau dort sollte Knut auf uns warten! Und wir können nicht einfach drauflosgehen. Um den Weg auswendig zu lernen, braucht es ein ganzes Jahr!« In Frappels Stimme lag echte Verzweiflung.

Skratsch sah hinauf in den dunkler werdenden Himmel. Die Nacht war nicht mehr weit, und bald würden die ersten Sterne am Himmel erscheinen.

»Es ist schon spät«, murmelte er und sagte dann lauter: »Werter Herr Dichter, wie wäre es, wenn wir in dieser Wolfsschlucht unser Nachtlager aufschlagen? Sehr weit kommen wir heute ohnehin nicht mehr. Vielleicht ist Knut einfach nur ein bisschen spät dran. Er hat nicht auf uns gewartet, aber wir könnten ja auf ihn warten. Zumindest bis morgen früh. Wer weiß, vielleicht kommt er ja noch.«

Der frühere Räuber und Warnas Hofdichter sah prüfend zum Himmel, und sein Zottelkopf nickte zustimmend. Sie hoben ihre Sachen vom Boden auf und trotteten hinter Frappel her.

Bald standen sie am Rand der Schlucht, die zuerst eng war, aber nach unten hin schnell breiter wurde. Dort war genug Platz für ein bequemes Nachtlager. Es war zwar nicht leicht, an den steilen Felswänden herunterzuklettern, aber Frappel half ihnen allen nacheinander beim Abstieg. Sobald sie den Boden erreicht hatten, warf Vergil den Proviantsack vom Rücken, kletterte sofort zurück nach oben und verschwand in der Steppe. Er wollte noch einmal sichergehen, dass keine Wacken in der Nähe waren.

Die anderen fingen schon mal an, das Abendessen vorzubereiten. Sie fanden überall Reisig und trockene Äste, sodass schnell genug Material für das Lagerfeuer zusammenkam. Wie üblich übernahm Skratsch das Kochen. Anscheinend hatte er Spaß daran. Natürlich stand wieder Grütze mit Speckgrieben und Kräutern auf dem Speiseplan. Sie hatten seit den Morgenstunden nichts gegessen, also gab es darüber keine Beschwerden, denn: »Hunger ist der beste Koch.«

Eri kümmerte sich zuerst um das Drachenbaby.

Als der Kleine satt war, beschloss er, seine Umgebung zu erkunden. Auf seinen kurzen Beinen watschelte er wie eine Ente zum Feuer. Zuerst besuchte er Skratsch und beschnupperte ihn neugierig. Am meisten interessierte ihn aber der Teller mit Grütze. Als der Wichtel ihm freundlich die Speise vor die Drachennase schob, schnaubte der Kleine verächtlich und drehte seinen Kopf weg. Offenbar gehörte Grütze mit Speckgrieben nicht zu seinen Lieblingsgerichten. Danach wanderte Micha um das Lagerfeuer herum zu dem traurig dreinblickenden Frappel und rieb sein Köpfchen an dessen Knie, als wollte er ihn trösten. Frappel lächelte und streichelte dem Drachen vorsichtig über den Rücken. Offensichtlich gefiel das dem Winzling, denn er gab ein zufriedenes »Umpf« von sich. Nachdem seine Neugierde befriedigt war, watschelte er zurück zu Eri und Feder und kletterte, ohne auf eine Einladung zu warten, zurück in sein Körbchen.

»Braver Micha«, lobte ihn das Mädchen. Micha warf ihr noch einen schläfrigen Blick zu, und kurze Zeit später war er leise schnarchend im Land der Träume.

»Das wird uns keiner glauben, oder?«, sagte Skratsch. »Ich hätte nie gedacht, dass ich mal einem Drachen beim Schnarchen zuhören würde.«

»Im Vergleich zu deinem nächtlichen Sägekonzert ist das hier reinster Nachtigallgesang«, meinte Frappel halb ernst.

Der Wichtel wollte schon empört protestieren, aber stattdessen sah er nach oben, zur Kante der Schlucht. Kleine Kiesel rieselten von dort herab. Es näherten sich mindestens zwei Personen, die sich offenbar keine Mühe gaben, leise zu sein. Frappel legte den Teller an die Seite und griff nach seinem Bogen.

»Begrüßt man so seine Verwandten, Hekki?«, hörten sie eine ihnen unbekannte, belustigte Stimme. »Ich muss schon sagen, unter Menschen zu leben hat deinen Manieren nicht gerade gutgetan.«

Frappel erstarrte. Den Pfeil, nach dem er gegriffen hatte, holte er gar nicht mehr aus dem Köcher. Kurz darauf tauchten Vergil und … ein Gnom aus der Dunkelheit neben ihnen auf! Dass dies nur der vermisste Cousin Knut sein konnte, war allen sofort klar, denn er sah Frappel verblüffend ähnlich. Das haarige Gesicht des Neuankömmlings wurde von einem breiten Lächeln erhellt, während seine klugen Augen rasch alle Anwesenden musterten. Sein Blick blieb kurz an dem Korb hängen, dann an dem Reh, das durch die Ankunft des Unbekannten aufgeschreckt war und hinter Eris Rücken Schutz gesucht hatte.

»Ich hab gefunden, was du gesucht hast, Herr

Frappel«, erklärte Vergil stolz. »Dieser Herr irrte in der Steppe herum, gar nicht weit weg von hier. Beinahe hätte ich ihn mit meiner Keule bekannt gemacht, weil ich ihn im Dunkeln nicht richtig erkennen konnte, aber er rief gerade noch rechtzeitig, dass er ein Gnom sei und Knut heiße.«

Der Räuberpoet warf seine Keule neben das Feuer und plumpste mit einem zufriedenen Seufzer auf den Boden. Skratsch reichte ihm sofort eine Riesenportion Grütze, der sich Vergil unverzüglich mit großer Begeisterung zuwandte.

Frappel starrte den Neuankömmling immer noch an, als hätte er einen Geist vor sich.

»Ich bin es, Knut«, versicherte der Gast. »Ich weiß, es ist lange her, Hekki …«

»Ja, sehr lange«, sagte Frappel, schüttelte seine Erstarrung ab und schloss seinen Cousin in die Arme. »Ich hatte schon befürchtet, dich niemals wiederzusehen«, fügte er hinzu und konnte seine Rührung dabei kaum unterdrücken.

»Ich bin spät dran, aber das war nicht meine Schuld«, erklärte Knut, nachdem sie sich ausgiebig gedrückt und auf die Schultern geklopft hatten. »Als ich dein Zeichen bekam, bin ich sofort aufgebrochen, aber ich konnte nicht aus dem Labyrinth raus, weil es am Eingang von Waranen nur so wimmelte.«

Diese Neuigkeit war ein Schreck für Frappel. Besorgt blickte er seinen Cousin an.

»Warane? Auf der Ebene vor dem Labyrinth? Sonst kommen die Riesenechsen doch nie so nah an die Felsenstadt heran. Was ist passiert?«

»Irgendetwas muss sie aufgescheucht haben«, antwortete Knut. »Etwas, was es in Schenn vorher nicht gegeben hat.« Er brauchte gar nicht weiterzureden, weil alle an das Gleiche dachten: Eisenwölfe.

»Widukind ist schlauer, als wir gedacht hatten«, sagte Frappel. »Er hat erraten, dass wir nach Schenn gehen würden, und muss die Wacken schon vorher dorthin geschickt haben, um uns abzufangen. Und die Eisenwölfe haben wiederum die Warane in ihren Bergnestern aufgescheucht. Aber wie hast du es an ihnen vorbeigeschafft?«, fragte er Knut, der mit Interesse auf Vergils Teller schielte. Von Wacken und Waranen völlig unbeeindruckt, schaufelte der Räuber die Grütze in sich hinein.

»Ich hab einfach drei Tage gewartet, und dann sind sie endlich verschwunden, wahrscheinlich, um Futter zu suchen.« Knut rückte näher ans Feuer heran und hielt seine Nase über den brodelnden Kessel. »Liebe Freunde, könnte ich bitte auch etwas von der Grütze bekommen? Es ist lange her, dass ich eine warme Mahlzeit im Bauch hatte.«

Skratsch sprang sofort mit schlechtem Gewissen auf, rührte die dicke Suppe im Kessel um und reichte Knut einen Teller mit dem dampfenden Essen. Der Gnom langte ordentlich zu, während die anderen es sich wieder ums Feuer gemütlich machten. Eri blickte immer wieder zu Frappel und fragte sich, warum Knut seinen Cousin wohl Hekki genannt hatte. Frappel bemerkte ihre Blicke, lächelte und löste das Rätsel auf: »Eigentlich heiße ich Hekki, so wurde ich früher in der Felsenstadt genannt«, erklärte er. »Frappel ist ein Spitzname, den Mafalda mir gegeben hat, weil ich mit meiner Rassel immerzu klapperte und rappelte, wenn Leute zu Besuch kamen. Und so wurde irgendwie Frappel daraus. Ich hab mich an den Namen inzwischen sehr gewöhnt und mag ihn sogar ganz gerne.«

Knut verschlang seine heiße Grütze und nickte nur bei Frappels Worten.

»Und, was machen wir jetzt?«, fragte Eri und strich mit ihren Fingern gedankenverloren über den Griff des Korbs, in dem das Drachenbaby lag.

Frappel schwieg lange und dachte gründlich über Eris Frage nach.

»Wir müssen uns an den Plan halten«, sagte er schließlich. »Wenn wir es in die Felsenstadt schaffen, sind wir erst einmal in Sicherheit.«

»Und wenn die Warane zurückkommen?«, fragte Skratsch. »Was machen wir dann?«

Diesmal zog sich die Stille noch länger hin.

»Uns wird schon etwas einfallen«, sagte Frappel und griff nach seinem Köcher. Er zog die Pfeile heraus und überprüfte einen nach dem anderen. Waren sie auch spitz genug?

»Deine Pfeile werden die Warane nicht aufhalten können«, bemerkte Skratsch. »Ihre Haut ist extrem dick, da kommt fast nichts durch.«

»Ich weiß«, entgegnete der Gnom und machte weiter. Als er jeden Pfeil begutachtet hatte, nahm er sich den Bogen vor. Aus seinem Beutel holte er ein Stückchen Talg und strich damit mehrfach über die Bogensehne.

Vergil, der soeben seine Mahlzeit beendet hatte, gab zum Thema Pfeil und Bogen einen Reim zum Besten:

Ovid, der tapf're Räuber, der viele Feinde hatte,
schoss seine spitzen Pfeile gar nie in die Rabatte.

»Das ist der Anfang einer Ode zu Ehren meines Vaters Ovid, Arkadiens berühmtestem Räuber«, fügte er zur Erklärung für Knut hinzu. »Die Ode hat sechzehn Strophen. Wollt ihr den Rest hören?«

Natürlich wollten sie, und wie … aber eine große Müdigkeit übermannte sie auf einmal, und einer nach dem anderen fing an, herzhaft zu gähnen. Vergil versicherte, dass er seinen Vortrag einfach verschieben würde.

Dann losten sie noch aus, wer wann die Wache übernehmen würde, und breiteten anschließend ihre Decken um das langsam verlöschende Feuer aus. Jeder richtete sich sein Nachtlager so bequem wie möglich ein. Immerhin versprach die Nacht diesmal ruhig zu werden, ohne Sturm und Sandgestöber.

Feder war immer noch unruhig und schmiegte sich so dicht wie möglich an Eris Seite. Micha dagegen, aus dessen Korb ein leises Pfeifen drang, schlief wie ein Stein. Eri sah zu Frappel hinüber, der die erste Wache übernehmen sollte und nun im schwachen Feuerschein wieder mit seinem Bogen und den Pfeilen beschäftigt war. Sie fragte sich, ob der kleine Gnom wirklich wusste, was sie gegen die Warane tun sollten.

Jedenfalls schien er seine Waffe schließlich für gut befunden zu haben, denn er legte Köcher und Bogen über seine Schulter, stand auf und verschwand in der Dunkelheit.

9. Das Labyrinth

Allmählich veränderte sich die karge Steppenlandschaft. Die Berge wurden mit jedem Schritt höher und scharfkantiger. Es war, als würde etwas Bedrohliches von den kahlen Bergwipfeln zu ihnen herüberwehen. Sie näherten sich dem Land der Warane. Knut, der die Gegend wie seine Westentasche kannte, führte die Gruppe an. Sie hielten nicht direkt auf die steilen Berge zu, sondern bogen westlich ab.

»Wir werden uns in der Felsenstadt ausruhen und dann unseren letzten Wegabschnitt angehen, der uns an die Grenze zu Lyria bringen wird. Er dauert vielleicht noch drei, vier Tage.«

Während ihrer Wanderung hatte sich wie von selbst eine Rollenverteilung ergeben, ohne Diskussionen oder Befehle. Jeder machte das, was er am besten konnte. Knut führte, Skratsch kümmerte sich ums Kochen, und Frappel und Vergil sorgten für die Sicherheit der Gruppe und hielten nach Eisenwölfen oder anderen Bedrohungen Ausschau. Und Eri widmete ihre ganze Aufmerksamkeit und Zeit der Betreuung von Micha und Feder. Bei dem Reh gab es allerdings nicht viel zu tun, weil es sich selbstständig um sein Futter kümmerte: Es lief immer wieder in die Steppe hinaus, um nach Gräsern und jungen Zweigen zu suchen. Nur Wasser konnte es nicht allein finden, weshalb Eri ihm zwischendurch eine Schale zum Trinken hinstellte. Mit Micha sah das schon anders aus, denn der kleine Drache war unersättlich.

»Der Trockenfisch wird nicht mehr lange reichen …«, bemerkte Skratsch, als sie sich zum Abendessen ums Feuer setzten.

Als hätte er mitbekommen, dass der Wichtel über ihn redete, blickte Micha ihn vorwurfsvoll an und verschlang mir nichts, dir nichts, eine von Eri angereichte Fischkugel. Sie musste zugeben, dass Skratsch mit seiner Einschätzung durchaus recht hatte. Man konnte Micha fast beim Wachsen zusehen, und jeden Tag wurde er ein bisschen schwerer.

»Ist doch klar, dass er viel essen muss«, sagte Eri entschuldigend. »Wie soll er sonst zu einem großen und starken Drachen werden?«

Alle sahen zu dem Drachenkind, das, von der Aufmerksamkeit der Gesellschaft völlig unbeeindruckt, in aller Ruhe die nächste Fischkugel verputzte.

»Morgen erreichen wir das Labyrinth«, erklärte Knut. »In der Felsenstadt wird es ihm an nichts mangeln.«

Niemand sagte laut, woran alle dachten: falls sie an den Waranen vorbeikommen würden.

Am nächsten Morgen änderte Knut die Marschrichtung noch entschiedener nach Westen. Sie gingen jetzt entlang der Gebirgskette.

»Die Menschen nennen die Warane zwar wilde Drachen, aber sie sind lange nicht so intelligent wie die richtigen Drachen«, erzählte Knut. »Normalerweise bleiben sie auch in ihren Bergen und gehen nicht in die Ebenen, aber im Moment scheinen sie unberechenbar zu sein.«

Gegen Mittag erreichten sie den Boden einer engen, kurvigen Schlucht, die kein Ende zu nehmen schien. Sie gingen und gingen, und es war kein

Ausgang in Sicht. Zur Abwechslung hatten sie hier immerhin reichlich frisches Wasser, weil in der Mitte zwischen den Felswänden ein reißender Bach floss.

Schließlich blieb Knut stehen und zeigte auf einen Pfad, der nach oben zum ausgefransten Rand der Schlucht führte.

»Der Eingang zum Labyrinth ist nicht mehr weit«, sagte er flüsternd. »Wir müssen jetzt sehr vorsichtig sein …«

Sie folgten Knut im Gänsemarsch, in absoluter Stille, ganz langsam einen Fuß vor den anderen setzend. Der Pfad wand sich die steile Böschung hinauf, wurde dann auf einmal flach, bevor er wieder fast senkrecht nach oben führte. Eri hatte Mühe mitzuhalten, weil der Korb mit dem immer schwerer gewordenen Micha ihr sehr viel Kraft abverlangte. Am schlimmsten aber war, dass der kleine Drache plötzlich aufgewacht war und keine Lust hatte, im Körbchen liegen zu bleiben. Neugierig steckte er seinen Kopf nach draußen und schaute sich interessiert um. Eri machte sich Sorgen, er könnte herausfallen. Sie schimpfte leise mit ihm, aber das half nicht. Nach einer kleinen Pause zappelte Micha wieder herum, eindeutig in bester Laune für Unsinn. Zum Glück war der Rand der Schlucht schon in Sicht. Oben angekommen, stöhnten sie alle bei dem Anblick, der sie erwartete.

Anstatt nach dem mühsamen Aufstieg mit einer Ebene belohnt zu werden, wuchs vor ihnen ein weiterer felsiger Hang in die Höhe, auf dem sich ein Trampelpfad nach oben wand.

»Ich bin ein Hauswichtel, kein Bergwichtel«, beschwerte sich Skratsch wieder einmal.

»Das ist der letzte Aufstieg, versprochen«, tröstete ihn Knut. »Danach geht es nur noch flach geradeaus bis zum Labyrinth.«

Sie machten nur eine kurze Verschnaufpause am Fuße des Felsens, weil Knut befürchtete, die Warane könnten zurückkommen und ihnen den Eingang zum Labyrinth versperren. Knut und Frappel sprangen wie Gämsen von Fels zu Fels. Sie waren für das Leben in den Bergen wie geschaffen, das Klettern lag ihnen im Blut.

Die anderen mussten sich deutlich mehr anstrengen. Skratsch wischte sich alle paar Schritte den Schweiß von der Stirn, und sogar der starke Vergil schnaufte unüberhörbar. Eri mühte sich mit ihrem Körbchen inzwischen ganz schön ab. Zum Glück hatte Micha das Interesse am Herumtoben verloren und sich müde in sein tragbares Nest zurückgelegt, wo er ab und zu leise fiepte, als würde er seine Beschützerin beruhigen wollen. Feder schien das Herumklettern dagegen ausgesprochen gut zu gefallen. Leichtfüßig und elegant bewältigte das Reh den steilen Aufstieg. Knut und Frappel waren vorausgegangen und längst nicht mehr zu sehen.

Vor dem letzten steilen Stück rasteten sie ein wenig länger. Vergil legte den großen Proviantsack, den er auf dem Rücken trug, auf den Boden, kramte eine Weile darin herum und holte aus dessen Tiefen eine Schachtel mit in Honig gerösteten Mandeln. Allein der Duft dieser Schätze zauberte ihnen allen ein Lächeln auf die Lippen.

»Los, greift zu«, sagte Vergil und hielt ihnen die Schachtel entgegen. »Ihr könnt euch ja kaum noch auf den Beinen halten, und wer weiß, was uns gleich noch alles erwartet.«

Eri hatte noch nie zuvor etwas so Köstliches gegessen. Die Honigmandeln zergingen ihr förmlich im Mund, füllten den Bauch und gaben ihr augenblicklich neue Kraft. Im Nu hatten sie die ganze Schachtel leer gegessen, bis auf den letzten Krümel. Satt und zufrieden waren sie nun bereit, das letzte Stück des Felsweges in Angriff zu nehmen, als plötzlich Knut vor ihnen stand. Er war wieder von oben heruntergekommen, wo er zusammen mit Frappel die Lage ausgekundschaftet hatte. Seine Miene war finster.

»Tja«, seufzte er. »Es sieht nicht gut aus. Leider sind die wilden Drachen wieder zurückgekommen, sieben Stück davon, alle riesig und gefährlich. Sie blockieren den Eingang zum Labyrinth.«

Sie schwiegen ratlos. Eri griff automatisch nach dem Korb und drückte ihn an sich. Vergil spielte grimmig mit der Keule, die an seinem Gürtel hing. Nur Skratsch ließ sich nicht einschüchtern. Er holte sein Pfeifchen raus und zog nachdenklich an dem kalten Tabak.

»Dann sollten wir vielleicht einfach nur warten, bis sie wieder weggehen«, schlug er vor. »Schließlich hat es ja schon mal geklappt. Sollen die Warane doch eine Weile herumkriechen. Irgendwann bekommen sie wieder Hunger und verschwinden in den Bergen. Inzwischen schlagen wir an einem geschützten Plätzchen unser Lager auf und sammeln neue Kräfte.«

Knut drehte langsam seinen Kopf.

»Hekki meint, das ist zu riskant. Wer weiß, wie lange wir warten müssten, und die Wacken sind ja auch nicht weit weg. Nein, wir müssen so schnell wie möglich ins Labyrinth.«

»Na gut, aber wie?« Skratsch nahm seine Pfeife aus dem Mund und verstaute sie wieder in seinem Beutel.

»Hekki hat einen Plan. Ihr werdet es gleich sehen.

Und jetzt kommt schnell, bis zur Spitze sind es nur noch ein paar Schritte.«

Oben angekommen, betraten sie eine kleine Lichtung mit flachen Felsen und wilden Sträuchern. Der Anblick, den sie vor sich hatten, war so faszinierend, dass sie Frappels Fehlen zunächst gar nicht bemerkten.

Der vor ihnen liegende Abhang ging nach einigen Hundert Schritten in eine grasbewachsene Ebene über. Dahinter erstreckte sich eine Landschaft, die wie ein Zwilling des Fandorwaldes aussah, nur in einer felsigen Variante. Hunderte, nein, Tausende gigantische felsige Bäume unterschiedlichster Form und Größe wuchsen aus der Ebene in die Höhe. Einige waren dünn wie Pfosten, andere hatten die Gestalt gedrungener, haushoher Felsbrocken, wieder andere erinnerten an Pilze mit breiten Hutkrempen. Es gab auch Felsen, die wie Brückenpfeiler aussahen und durch Bögen miteinander verbunden waren. Dieses felsige Durcheinander war von zahllosen schmalen und breiten Pfaden durchzogen, die sich chaotisch kreuzten oder im Nirgendwo verliefen. Das Felsendickicht war so groß, dass das menschliche Auge sich darin verlor wie ein Kind im Wald. Allein vom Gucken wurde es einem schon schwindelig. Das, was sie da vor sich hatten, war das Labyrinth, das den Zugang zur Stadt der Gnome verwehrte.

Die Stadt selbst war dahinter in der Ferne auch zu sehen. Man konnte schlanke Türme sehen und ganz viele dicht aneinandergedrängte Häuser, die sich in die Hänge schmiegten. Dazwischen waren grüne Terrassen, die anscheinend als Gärten und für Ackerbau genutzt wurden. Aber um dort hinzugelangen, mussten sie erst den Felsendschungel hinter sich lassen.

Zwischen den Wanderern und dem Eingang zum Labyrinth liefen die Warane hin und her, wackelten mit ihren massigen Köpfen und gaben bedrohliche Warnlaute von sich. Eri hatte noch niemals zuvor einen wilden Drachen gesehen. Sie hatte gedacht, sie würden ein bisschen wie Micha aussehen, und staunte deshalb nicht schlecht, dass sie eher an Eidechsen erinnerten, nur dass sie tausendmal so groß waren. Sie waren gedrungen, bedeckt mit dunkelgrünen Schuppen, hatten lange Schwänze und kurze, dicke Hälse, auf denen unförmige Köpfe saßen. In den breiten Mäulern konnte man schon von Weitem ihre dreieckigen, spitzen Zähne erkennen. Eri fand, dass sie mit Abstand die hässlichsten und abstoßendsten Geschöpfe waren, die sie jemals gesehen hatte. Sie bewegten sich ruckartig und blieben dann immer wieder für einige Momente starr stehen. Zwei von ihnen schickten sich zu einem Kampf an und umkreisten sich, während sie kämpferische Brülllaute von sich gaben. Die anderen schienen ihre Umgebung wachsam zu beobachten, sie hoben ihre Köpfe und sahen mal nach rechts, mal nach links, als würden sie auf jemanden warten.

»Das sieht nicht gut aus«, stöhnte Skratsch, der ängstlich hinter einem Felsen hervorschaute. »Diese Bestien sind wirklich gefährlich. Wenn sie wollen, können sie sogar sehr schnell sein. Wenn sie uns entdecken, haben wir keine Chance!«

Vergil widersprach ihm nicht. Er sah auf seine Keule, dann auf die Warane und drehte resigniert seinen Kopf.

»Es sind zu viele …«, murmelte er. »Mit einem würde ich fertigwerden, vielleicht mit zweien, aber nicht mit allen …«

Selbst drei Vergile würden nicht ausreichen, um den Waranen die Stirn zu bieten. Da erst fiel Eri auf, dass einer aus ihrer Gruppe fehlte.

»Wo ist eigentlich Frappel?«, fragte sie.

Knut, der die Warane mit einer Mischung aus Abscheu und Sorge beobachtete, zeigte geradeaus vor sich.

»Dort, hinter dem Felsen, der wie ein gespaltener

Baumstamm aussieht. Er sagte, er würde sie vom Eingang weglocken.«

»Wie bitte?!«, rief Skratsch erschüttert aus und setzte sich vor Schreck auf den Hosenboden. »Ist er verrückt geworden?«

Mit angehaltenem Atem schauten sie in die von Knut gezeigte Richtung. Hinter einem der baumartigen Felsen war Frappel aus dieser Entfernung gerade so zu erkennen. Er schien auf etwas zu warten. Der hinter einem Busch kauernde Knut stand nun vorsichtig auf und hob dreimal die Hand. Daraufhin verließ Frappel sein felsiges Versteck, stieß einen lauten Schrei aus und warf einen Stein auf den nächsten Waran. Das Untier drehte sich zu ihm um und starrte den Gnom für einen Moment nur an, als wollte es seinen Augen nicht trauen. Frappel vergeudete keine Zeit, sondern rannte geschwind los in Richtung der Schenn-Berge.

»Seht ihr die beiden langen Steine und den dritten, der quer darüber liegt wie ein Dach?«, rief Knut dem Rest der Gruppe zu. »Das ist der Eingang zum Labyrinth! Sobald Frappel die Warane weggelockt hat, lauft ihr auf mein Zeichen da rüber, so schnell euch eure Beine tragen!«

Sie blickten zu dem Eingang, der wie ein grob gemeißeltes, rechteckiges Tor aussah. Inzwischen hatte Frappel es geschafft, alle Warane dermaßen zu reizen, dass sie die Verfolgung aufnahmen. Sogar die beiden Riesenechsen, die gerade noch miteinander kämpfen wollten, jagten ihm jetzt hinterher. Der gewitzte Gnom rannte zunächst am Rand des Labyrinths entlang, blieb hin und wieder stehen, um die Aufmerksamkeit der Biester ganz auf sich zu ziehen. Mit großen Bewegungen wackelte er mit den Armen. Zweimal hüpfte er auf einen großen Stein und schoss einen Pfeil auf einen der Warane, ohne ihm damit auch nur einen Kratzer zuzufügen. Die Pfeilspitze prallte von der harten, schuppigen Haut ab wie von einem Eisenschild. Trotzdem hatte Frappel sein Ziel erreicht, denn die verärgerte Meute setzte nun alles daran, den lästigen Störenfried zu erwischen. Der fliehende Gnom und seine Verfolger entfernten sich dabei immer mehr vom Eingang des Labyrinths.

»Los, los, los!«, rief Knut. »Lauft so schnell ihr könnt!«

Vergil, der den Proviantsack schon über den Rücken geworfen hatte – er war glücklicherweise viel leichter als zu Beginn ihrer Reise –, zeigte stumm auf Eris Korb. Das Mädchen wusste, dass sie damit auf keinen Fall rennen konnte, also übergab sie ihn dem Räuber, der sofort mit Riesensätzen zum Labyrinth vorauslief. Eri gab dem Reh einen kleinen

Klaps, und Feder jagte wie ein Pfeil in Richtung des Felsentors. Skratsch eilte den anderen schnaufend und keuchend im Galopp hinterher – scheinbar war er auch kein Rennwichtel …

Zum Glück führte der Weg abwärts, den Hang runter, und das Tor war nur dreihundert Schritte entfernt. Frappel hatte die wilden Drachen schon ein ganzes Stück vom Labyrinth weggelockt. Er floh vor ihnen, indem er geschickt über die Felsen hüpfte, die wie ein Ring den Außenrand des Labyrinths umgaben. Die Tiere waren vor Wut wie von Sinnen. Sie brüllten ohrenbetäubend und schnappten mit ihren Mäulern nach dem Gnom, konnten ihn aber nicht erwischen.

Da machte Frappel plötzlich einen Fehler: Er sprang von einem hohen, pilzförmigen Stein auf den Boden und rannte über die Ebene geradewegs auf die Berge zu. Damit lockte er zwar die wilden Drachen noch weiter von seinen Freunden weg, machte sich aber auch selbst zu einem leichteren Ziel. Einer der Warane bemerkte es und kämpfte sich nach vorne vor, um dem Gnom den Weg abzuschneiden. Frappel blieb jetzt nichts anderes mehr übrig, als weiter in Richtung der Schenn-Berge zu rennen und zu hoffen, schneller zu sein als seine Verfolger.

Eri sah, wie er auf den nächsten Hügel hinauf-

lief und sich umdrehte. Er wollte sehen, ob seine Freunde den Eingang des Labyrinths sicher erreicht hatten. Die Warane kamen immer näher. Eri wollte schon »Lauf weg!« rufen, da nickte er, als würde er ihr zustimmen, hob seinen Bogen in die Höhe und winkte damit zum Abschied, bevor er wieder kehrtmachte und zu den Bergen lief, die wilden Drachen dicht auf seinen Fersen.

Eri verlor ihn aus den Augen. Zusammen mit Knut und Skratsch hatte sie den Eingang erreicht. Keuchend betraten sie das Labyrinth.

10. Die Felsenstadt

Obwohl sie nun in Sicherheit durch den Felsenwald wanderten, konnte sich niemand darüber freuen. Sie gingen schweigend, in düstere Gedanken versunken. Alle dachten an Frappel.

Sogar Micha, der während ihres Abenteuers mit den Waranen mucksmäuschenstill in seinem Körbchen gelegen hatte, hatte jetzt keine Lust, Unsinn zu machen. Er steckte zwar ab und zu seinen Kopf aus dem Korb, zog ihn aber bald wieder ein und legte sich jämmerlich piepsend in sein Nest zurück.

Der kleine Drache fühlte wohl die Traurigkeit seiner Beschützerin, genauso wie das Reh, das sich immer wieder umdrehte, als würde es auf jemanden warten. Auf jemanden, der fehlte.

Eri hatte das Bild noch genau vor Augen, als der Gnom zum Abschied winkte, kurz bevor er verschwand … Ihre Augen wurden feucht, und in ihrem Herzen spürte sie einen stechenden Schmerz, genauso wie damals, als sie ihr Zuhause, ihre Mutter und ihre Brüder verlassen musste. Natürlich wusste Eri, dass Frappel Mafalda versprochen hatte, sie und den kleinen Drachen um jeden Preis zu beschützen. Und sollte es ihn sein Leben kosten.

Auch die anderen wussten das, und trotzdem war es so ungerecht!

Aber manche von ihnen hatten auch noch Hoffnung.

»Vielleicht ist er den Waranen doch noch entwischt«, sagte Skratsch nach einer Weile und durchbrach damit die bedrückende Stille. »Frappel ist ein guter Läufer.«

Skratschs traurige Miene zeigte deutlich, wie sehr ihm sein Freund fehlte.

»Ja, vielleicht …«, sagte Vergil. »Aber du hast selbst gesehen, wie gefährlich diese Biester sind …«

Keiner mochte sich an dem Gespräch länger beteiligen, also verstummten sie wieder und folgten Knut durch den Felsenwald. Er führte sie auf nur ihm bekannten Wegen durch das felsige Dickicht. Ohne ihn hätten sie sich längst verirrt.

Eri bemerkte, dass auf einigen Säulen und Felswänden Zeichen in den Stein gemeißelt waren: geheimnisvolle Kreise, Quadrate und Dreiecke, mit Strichen und Kreuzen dazwischen. Vor jedem dieser Zeichen blieb Knut stehen und studierte es aufmerksam, um dann nach links oder rechts oder auch mal zurück zu gehen. Manchmal kam es Eri vor, als ob sie sich im Kreis drehen würden, als hätte ihr Führer sich selbst verirrt. Sie waren schon seit Stunden unterwegs und inzwischen sehr müde und erschöpft. Die hohen Felswände, die das Sonnenlicht aussperrten, und die engen Gänge drückten außerdem auf die Stimmung.

»Der Weg in die Stadt muss so schwer und unzugänglich sein, damit unerwünschte Besucher nicht hineinkommen können«, sagte Knut, dem Eris Erschöpfung nicht entgangen war. »Das Volk der Gnome hat viele Feinde. Wir müssen immer auf der Hut sein. Sieh mal da!«

Er zeigte auf einen schmalen Korridor, der nach links von ihrem Pfad abzweigte. Er war zu beiden Seiten durch einen Säulengang aus eng nebeneinanderstehenden Obelisken eingefasst und endete in einer Sackgasse vor einer Wand aus Basaltgestein. Davor lag das Skelett eines großen Tieres. Es war offenbar in den Gang hineingeraten und hatte nicht mehr herausgefunden.

»Das ist ein Waran, stimmt's?«, fragte Skratsch. »So weit hat er es geschafft?«

»Vor einiger Zeit haben die Warane öfter mal versucht, durchs Labyrinth in die Stadt zu kommen«, antwortete ihm Knut. »Zum Glück ist es ihnen nie gelungen. Es gibt hier einige solcher Skelette. Versteht ihr jetzt, warum Hekki so handeln musste?«

Ja, das taten sie wirklich. Hätte Frappel die wilden Drachen nicht vom Eingang weggelockt, wären vielleicht einige von ihnen ins Labyrinth hineingelangt und hätten die Gruppe durch die Felsengänge verfolgt. Trotzdem, zu verstehen, warum Frappel so gehandelt hatte, machte den Schmerz nicht erträglicher. Ganz im Gegenteil.

Sie setzten ihren Weg durch die Felsenbäume schweigend fort. Manchmal, nachdem Knut wieder einmal die Zeichen an einer Felswand sorgfältig studiert hatte, machten sie kehrt und betraten einen anderen Pfad, der sie in eine völlig andere Richtung führte. Die Tunnel und Torbögen, die sie passiert hatten, konnten sie nicht mehr zählen. Für Eri war jetzt sonnenklar: Jeder, der sich ohne einen Führer in dieses Labyrinth hineinwagte, würde sich früher oder später verirren und schließlich verhungern und verdursten. Denn hier gab es nichts außer Moos und vereinzelten Grasbüscheln, an denen Feder ab und zu widerwillig knabberte. Es gab auch keine Quellen und keine Bäche, nicht einen einzigen Tropfen Wasser. Der Boden war so karg und trocken wie in einer Wüste. Die Gnome wussten, was sie taten, als sie das Labyrinth zwischen ihre Stadt und den Rest der Welt bauten.

Die Nacht war nicht mehr weit, die Schatten wurden länger. Die müden Wanderer wagten nicht mehr zu hoffen, noch am selben Tag die Felsenstadt zu erreichen, als Knut plötzlich vor einer hohen Wand stehen blieb, die den Eingang zu einem weiteren Tunnel zeigte. Die ovale Öffnung war so hoch wie ein mittelgroßer Mensch. Auf den ersten Blick sah der Tunnel nicht anders aus als die vielen anderen, die sie schon von innen kennengelernt hatten.

»Vor euch liegt das letzte Stück Weg vor der Felsenstadt«, erklärte Knut. »Meine Vorfahren haben diesen Tunnel vor Jahrhunderten in den Felsen geschlagen und damit einen direkten Zugang in die Stadt geschaffen. Einen anderen Weg gibt es nicht.«

Er ging hinein und kam einen Moment später

mit einigen Fackeln wieder heraus, die er Vergil und Skratsch überreichte.

»Vorwärts, liebe Freunde. Auf der anderen Seite werden euch die Stadtältesten und unser Bürgermeister Zenon in Empfang nehmen. Ihr könnt euch nicht verlaufen – der Tunnel hat keine Abzweigungen.«

Das klang, als würden sie ohne Knut weitergehen müssen.

»Kommst du nicht mit?«, fragte Eri.

Der Gnom verneinte wortlos. Er rückte seine Umhängetasche zurecht und sah zurück in die Richtung, aus der sie gekommen waren.

»Ich muss herausfinden, was aus Hekki geworden ist«, sagte er ruhig. »Wenn er den Waranen entkommen konnte, wird er den Weg in die Stadt nicht allein finden können. Ihr habt ja selbst gesehen, wie kompliziert er ist … Und wenn er es nicht geschafft haben sollte, dann …« Er beendete seinen Satz nicht, sondern drehte sich energisch um und entfernte sich mit schnellen Schritten. Einen Moment später war er hinter der nächsten Ecke verschwunden. Sie sahen ihm ratlos nach.

Der Erste, der sich wieder fing, war Vergil. Er umwickelte die Fackeln mit trockenem Hanf, holte aus dem Beutel auf seiner Brust einen Flintstein heraus und begann, Funken zu schlagen. In kürzester Zeit loderten drei Fackeln mit heller Flamme. Vergil warf den Proviantsack auf seinen Rücken und blickte auffordernd zu Eri und dem Wichtel.

»Wir müssen tun, was er gesagt hat«, sagte der ehemalige Räuber und zeigte mit der Keule zum Tunneleingang. »Ich gehe vor.«

Er zog den Kopf ein und betrat den Tunnel. Aufrichten konnte er sich nicht, also ging es für ihn nur mühsam voran. Eri und Skratsch hatten mit der Tunnelhöhe keine Probleme, aber sie mussten zugeben, dass der Durchgang sogar für sie ganz schön eng war. Vielleicht war es eine zusätzliche Verteidigungsmaßnahme gegen ungebetene Gäste der Stadt.

Nach etwa zweihundert Schritten erkannten sie hinter der letzten Biegung in der Ferne einen schwachen Lichtschein. Sie atmeten erleichtert auf. Als sie den Tunnel verließen, wurden sie schon erwartet.

Fünf Gnome standen im Halbkreis am Ausgang, jeder mit einer brennenden Öllampe in der Hand, denn inzwischen war es Nacht geworden. Das waren die von Knut angekündigten Stadtältesten. Ihre Fellbehaarung war grau, und die wallend zum Boden fließenden Gewänder sahen edel aus – das genaue Gegenteil der knappen Westen, die Frappel und Knut trugen. Die Ältesten lächelten die Neuankömmlinge freundlich an.

»Seid gegrüßt! Wir haben schon auf euch gewartet«, sagte der Gnom, der in der Mitte zwischen den anderen stand und mit seiner violetten Toga und der schweren Goldkette um den Hals am vornehmsten wirkte. »Ich bin Zenon, Bürgermeister der Felsenstadt, und das sind die Stadtältesten«, fügte er hinzu, während er auf seine Begleiter zeigte. »Ich vermisse Knut und Hekki. Wo sind sie?«

Skratsch trat daraufhin vor, verbeugte sich respektvoll und erklärte in einigen Sätzen, was passiert war, vor dem Labyrinth und auch danach. Die Ältesten waren über die Nachrichten sehr traurig. Aufgewühlt unterhielten sie sich eine Weile in einer den Menschen und Wichteln unverständlichen Gnomensprache. Dann sagte Zenon: »Hekki und Knut haben getan, was getan werden musste, und ihr ehrenwertes Verhalten macht uns stolz. Wir werden uns morgen länger unterhalten können, aber jetzt solltet ihr euch von den Anstrengungen des Tages ausruhen. Der Älteste Katris wird euch eure Unterkünfte zeigen«, sprach er und entfernte sich mit seinem Gefolge.

Katris war ein sympathisch aussehender Gnom in einem hellgrünen Gewand, der sie eine in den Felsen gehauene Treppe immer weiter nach oben führte. Die Stadt war hauptsächlich in den Berghang gebaut worden und reichte bis ins Tal hinunter. In den Gnomenbehausungen ringsum brannte überall noch Licht.

Schließlich erreichten sie eine Art überdachte Terrasse, die auf einem Felsvorsprung lag. Ein junger Gnom nahm sie mit einer Fackel in der Hand in Empfang. Ihre Gastgeber zeigten den Reisenden eine Reihe von Türen, hinter denen, wie sich herausstellte, gemütliche Zimmer mit hohen Decken warteten. Jedes war mit einer Öllampe beleuchtet und mit einem einfachen, aber bequemen Bett ausgestattet, dazu mit einem Tisch und zwei Stühlen.

»Das ist unsere Herberge, in der wir durchreisenden Besuchern unserer Stadt Unterkunft geben«, erklärte Katris. »In Kürze wird man euch warme Speisen bringen.«

Sobald Eri ihr Zimmer in Beschlag genommen hatte, kümmerte sie sich um ihre beiden Schützlinge. Für Feder bat sie um Wasser und frisches Gemüse und für Micha um getrockneten Fisch. Als sie den kleinen Drachen vorsichtig aus dem Korb hob, sah der Stadtälteste fasziniert zu. Micha war von der langen Reise immer noch erschöpft. Mit vor Müdigkeit ganz kleinen Augen betrachtete er seine Umgebung und gähnte dann so breit, dass man tief in seine rosige Kehle blicken konnte. Er fraß nur drei von den

Fischkugeln, die Eri für ihn gemacht hatte, trank etwas Wasser und verkroch sich dann sofort wieder in seinen Korb.

Katris betrachtete den kleinen Drachen begeistert.

»Er ist wunderschön, keine Frage«, sagte er bewundernd. »Kein Vergleich zu den scheußlichen Waranen. Viele Jahrhunderte ist es her, dass man zuletzt einen richtigen Drachen gesehen hat. Kein Wunder, dass Widukind ihn unbedingt für sich haben will.«

Als Eri den Namen des verhassten Zauberers hörte, schüttelte sie sich. Ein kalter Schauer lief ihr über den Rücken.

»Hab keine Angst, bei uns bist du sicher«, beruhigte Katris seinen Gast, als er Eris Angst bemerkte. »Die Felsenstadt ist für ihn unerreichbar, genauso wie für seine Eisenwölfe. Wie ich gehört habe, müsst ihr jedoch weiter nach Lyria wandern. Da liegt noch ein gutes Stück Weg vor euch. Aber mach dir darüber heute keine Gedanken mehr und ruh dich aus.«

In das Felsenzimmer kam ein junger Diener mit einem Tablett, auf dem ein Teller mit heißer Suppe dampfte. Daneben lagen zwei braune Brötchen. Jetzt erst merkte Eri, wie hungrig sie war. Die Gemüsesuppe schmeckte ausgezeichnet, ebenso wie die Brötchen, die aus einem ihr unbekannten, aber sehr schmackhaften Getreide gemacht waren. Nach der stärkenden Mahlzeit konnte sie die Augen kaum noch aufhalten. Sie winkte Skratsch, der in ihr Zimmer hineingesehen hatte, um nach dem Rechten zu sehen, ein lautloses »Gute Nacht« zu, zog ihre Schuhe von den Füßen und legte sich mit allen ihren Sachen ins Bett. Kaum hatte sie die Augen geschlossen, übermannte sie der Schlaf.

Katris lächelte verständnisvoll, sah noch nach dem Reh, das in der Ecke zusammengekauert ebenfalls eingeschlafen war, löschte die Öllampe und verließ leise das Zimmer.

Widukind besuchte Eri wieder im Traum.

Diesmal versuchte er nicht, das Mädchen zu bedrohen oder einzuschüchtern. Sein finsteres Gesicht verzog sich stattdessen zu einem freundlichen, aber gleichzeitig falschen Lächeln. Auch seine Worte klangen falsch und aufgesetzt: »Gib mir den Drachen, Eri. Du wirst es nicht bereuen. Du bekommst alles, was du willst: Juwelen, wunderschöne Kleider, Paläste, Diener. Ich gebe dir Reichtum und Macht, alles, was du dir je erträumt hast. Du könntest leben wie eine Königin! Du musst mir dafür nur den Drachen geben. Du brauchst ihn doch gar nicht. Im Austausch für dieses nutzlose Tier werden deine Träume wahr! Stell dir vor: keine Sorgen mehr, jeden Tag nur Freude und Vergnügen! Gib mir nur diesen Drachen, und das wird dein Leben sein. Ich verspreche es dir!«

Während er das sagte, lächelte er zwar immer breiter, aber in seinen Augen sah Eri bodenlose Finsternis. Der Zauberer war so abgrundtief böse, dass es ihm nicht gelang, Güte vorzutäuschen.

»Scher dich fort! Du bekommst Micha nicht! Ich brauche keine Juwelen oder Macht. Geh weg und lass mich in Ruhe!«

Das Gesicht des Zauberers verdüsterte sich. Jetzt sah er Eri wütend an. Verschwunden war der gute Onkel.

»Das wirst du noch bereuen, du kleine Hexe!«, zischte er durch zusammengebissene Zähne. »Ich bin noch nicht fertig mit dir!«

Er starrte sie mit einem bösen Blick an, der wie Feuer auf ihr brannte. Eri wachte mit einem Schrei auf. Um sie herum war es dunkel, und sie hörte nur das laute Pochen ihres Herzens. Sie zitterte vor Angst und war einen Moment lang fest davon überzeugt, dass die Wacken gleich in ihr Zimmer stürmen würden. Aber es blieb leise, nichts rührte sich, sodass sie langsam wieder ruhiger wurde.

Aus Angst vor dem boshaften Zauberer beschloss Eri, bis zum Morgengrauen wach zu bleiben. Doch durch das ruhige Atmen des Rehs und das leise

Schnaufen des Drachen eingelullt, fielen ihr schließlich die Augen zu, und sie schlief wieder ein. Kurz bevor sie wegdriftete dachte sie noch, sie würde Widukind beim nächsten Mal geradeheraus sagen, was sie von ihm hielt. Aber der Zauberer ließ sie diesmal in Ruhe und zeigte sich nicht mehr. Stattdessen träumte Eri von zu Hause und von Frappel.

Als sie von lebhaften Stimmen geweckt wurde, die vom Bogengang zu ihr ins Zimmer drangen, war sie zwar ausgeschlafen, aber von den Ereignissen des Vortages noch zutiefst bedrückt. Daher traute sie auch ihren Ohren nicht, als sie dachte, sie würde eine bestimmte Stimme erkennen … Sie sprang auf, öffnete die Tür und stürmte nach draußen.

Auf der geräumigen, überdachten Terrasse saß an einem mit guten Dingen gedeckten Tisch eine Gruppe von Leuten, die ihre Aufmerksamkeit dem leckeren Frühstück widmeten. Skratsch war da und Vergil, der Bürgermeister Zenon und der Stadtälteste Katris, Knut, der offensichtlich aus dem Labyrinth zurückgekehrt war, und …

Frappel! Gesund und munter. Lebhaft gestikulierend erzählte er der Gesellschaft etwas.

Eri verschlug es vor Freude die Sprache. Ungläubig betrachtete sie den wie durch ein Wunder wieder aufgetauchten Gnom, als wäre er ein Gespenst.

Dann fiel sie ihm mit einem begeisterten Schrei um den Hals. Frappel drückte sie herzlich zurück.

»Aber wie …?«, stammelte Eri.

»Wie ich mit heiler Haut aus der Sache rausgekommen bin?«, half Frappel mit einem Lächeln nach.

»Genau das.« Eri setzte sich dicht neben ihn, als hätte sie Angst, dass er sich jeden Moment in Luft auflösen könnte. »Wie hast du es geschafft, den Waranen zu entkommen?«

»Die Wacken haben ihn gerettet«, warf Skratsch erklärend über den Rand seines mit Grütze gefüllten Tellers ein. »Manchmal sind sie doch zu was nutze.«

Eri sah erstaunt zu Skratsch hinüber, dann zu Frappel. Der Gnom lächelte wieder, trank einen Schluck Wasser und begann zu erzählen: »Als ich sah, dass ihr sicher vor dem Eingang zum Labyrinth angekommen wart, rannte ich schnell wie der Blitz zu den Bergen, die wilden Drachen dicht auf meinen Fersen. Die Biester sind wirklich schnell, aber ich bin auch nicht gerade langsam. Ich hab darauf spekuliert, dass sie bald müde werden würden, denn sie sind zwar flink, machen aber recht schnell schlapp und müssen sich oft ausruhen. Meine Verfolger erwiesen sich allerdings als sehr ausdauernde Exemplare. Ich lief und lief und sie hinter mir her. Das unermüdliche Donnern ihrer Pranken hörte einfach nicht auf. Da muss wohl ein fauler Zauber im Spiel gewesen sein.«

»Glaubst du, Widukind hatte etwas damit zu tun?«, fragte Skratsch.

»Wer weiß, gut möglich. Jedenfalls wurde es für mich langsam brenzlig, ich hätte nicht mehr lange durchhalten können. Ich wurde von Minute zu Minute schwächer und immer langsamer. Die Warane waren schon so dicht hinter mir, dass ich ihren stinkenden Atem riechen konnte ...« Frappel unterbrach sich, als er die ungläubigen Mienen seiner Zuhörer bemerkte. »Na gut, vielleicht nicht ganz so dicht, aber es kam mir jedenfalls so vor. Meine Beine fühlten sich an wie Blei. Ich suchte die Umgebung verzweifelt nach einem Versteck ab und sah auf einmal etwas Ungewöhnliches, aber gleichzeitig Bekanntes: ein metallisches Glitzern. Und tatsächlich, auf einer kleinen Erhebung stand ein einsamer Eisenwolf und beobachtete, wie ich vor den Waranen weglief. Da hatte ich eine verrückte Idee ...«

Frappel machte eine Pause und griff nach einem Stück Kuchen. Eri wartete ungeduldig, bis er es aufgegessen hatte.

»Ich kratzte meine letzten Kräfte zusammen, änderte die Richtung und rannte jetzt geradewegs auf den Felsen zu, auf dem der Eisenwolf stand.

Die Warane natürlich immer noch hinter mir. Der erste Eisenwolf bekam inzwischen Gesellschaft von drei weiteren. Auch die Warane haben die Wacken bemerkt, denn sie wurden deutlich langsamer, als würden sie überlegen, ob sie sich mit ihnen anlegen wollten. Ich bremste ein bisschen ab und wackelte dann überdeutlich mit meinen Armen, um die Wölfe dazu zu bringen, mich zu jagen. Und es klappte! Sie sprangen mit einem Riesensatz vom Hügel und nahmen Kurs auf den unerwarteten Leckerbissen, der auf sie zulief. So rannten wir ungebremst aufeinander zu: die Wacken von der einen Seite, ich und die Warane von der anderen. Der Abstand zwischen uns schrumpfte immer schneller …«

Frappel verstummte, um seinen Becher mit Wasser zu füllen, und trank ihn in einem Zug leer. »Als wir nicht mehr als dreißig Schritte auseinander waren, sah ich einen Latschenkieferstrauch. Perfekt, um einen kleinen Gnom wie mich verschwinden zu lassen. Ich warf mich zu Boden und kroch flink unter den Busch. Den Rest könnt ihr euch denken. Die Bestien waren so in Fahrt, dass sie wie wilde Stiere aufeinanderprallten und sofort anfingen zu kämpfen. Das Grasland verwandelte sich in einen brodelnden Kessel: Die wilden Drachen bissen die Wacken in die Flanken, Knochen brachen, Metall ächzte, die

Biester waren ein einziger wilder Knäuel aus schnappenden Mäulern und hauenden Pranken … Mich hatten sie dabei komplett vergessen. Deswegen konnte ich unbemerkt unter meinem Strauch hervorkriechen und vorsichtig wegrobben. Als ich weit genug entfernt war, stand ich auf und rannte, ohne auf meine müden Beine zu hören, ins Labyrinth.«

»Hast du dich wirklich ganz allein in das Labyrinth hineingewagt? Du hättest dich doch verirren können«, meinte Eri besorgt.

»Hätte er«, meldete sich der bis jetzt schweigende Knut. »Aber er war so vernünftig, dicht am Eingang zu bleiben, wo ich ihn finden konnte.«

Frappel klopfte seinem Cousin dankbar auf die Schulter und legte einen Arm um ihn.

»Ich war mir sicher, dass du mich holen würdest. Du bist ein wahrer Freund.«

Knut zuckte mit den Schultern und sagte bescheiden: »Nicht der Rede wert, Hekki. Du hättest für mich das Gleiche getan.«

In dem Moment erklang aus dem Zimmer, in dem Eri geschlafen hatte, ein lauter Rums, als wäre etwas zu Boden gekracht. Nach einer Weile erschien in der angelehnten Tür ein grüner Kopf mit einem orangegelben Kamm. Der kleine Drache sah Eri vorwurfsvoll an.

»Glympf! Flapp! Eu?«, meinte er und tapste tollpatschig in den Raum. Er wackelte immer noch wie eine Ente herum, hatte aber inzwischen nicht mehr die Größe eines Kükens, sondern einer kleinen Gans. Er klappte seine niedlichen ledrigen Flügel auf und ab und hopste unerwartet geschickt auf die Bank neben Skratsch. Er machte einen langen Hals und steckte sein gieriges Mäulchen in die Schüssel des Wichtels.

»Ein großer Liebhaber von Hirse scheint er nicht zu sein«, sagte Skratsch trocken, als Micha mit angewiderter Miene die Grütze ausspuckte, obwohl sie doch wundervolle Grieben enthielt.

»Wir hätten auch noch frischen Fisch da«, sagte Zenon.

Er klatschte in die Hände, und wenig später erschien ein Diener, der ein Tablett mit mundgerecht geschnittenen Fischstücken vor den kleinen Drachen stellte. Micha piepste anerkennend. Als das erste Stück in seinem Schlund verschwand, leuchteten seine Augen auf, und er verlangte nach mehr.

Eri fütterte den Kleinen und beobachtete gleichzeitig ihre Umgebung. Die Terrasse, auf der sie frühstückten, war zum Teil in den Felsen gearbeitet und zum Teil durch künstliche Wände ergänzt worden, auf denen ein hölzernes Dach saß. Von ihrem Platz

aus hatte die Gesellschaft einen atemberaubenden Blick auf die Stadt der Gnome.

Die Vorfahren der Gnome hatten mit dem Bau Großartiges geleistet. Was Eri vor Augen hatte, erinnerte an eine gigantische Honigwabe, nur dass diese hier nicht aus Wachs, sondern aus Stein gemacht war und nicht von Bienen, sondern von Tausenden von Gnomen bevölkert wurde.

Eri sah unzählige Fenster und Türöffnungen. Sie gehörten alle zu Häusern, die sich an steilen Wänden aneinander- und übereinanderdrängten und mit Wandelgängen, Terrassen und Brücken miteinander verbunden waren. Das Ganze wirkte wie ein kompliziertes netzartiges Gebilde auf mehreren Ebenen, in dem sich Gnome geschäftig in alle Richtungen bewegten. Weiter oben wuchsen aus dem Berg steinige Pfeiler und Felsspitzen, die in meisterhaft ausgearbeitete Türme verwandelt worden waren. Zwischen ihnen hingen auf dicken Seilen hölzerne Terrassengärten, und zwischen den Berghängen waren meterbreite Stufen geschnitten, auf denen goldene Hirse auf die baldige Ernte wartete. Kein Wunder, dass Skratsch sich über seine morgendliche Grütze freuen konnte: Die Gnome waren nicht nur hervorragende Baumeister, sondern auch einfallsreiche Landwirte. Für den Anbau von Obst, Gemüse und Getreide wurde hier jedes Fleckchen Land und jeder Felsvorsprung genutzt.

Katris sah Eris Interesse und erklärte: »Seit eh und je haben wir Gnome die Geheimnisse der Steinbearbeitung erforscht. Die Stadt, die du vor Augen hast, ist das Ergebnis der fleißigen Arbeit vieler Generationen. Bevor wir uns hier niederließen, waren wir ein Volk von Vagabunden, ohne Land und ohne feste Häuser. Obwohl, auch heute gibt es noch Gnome, die lieber durch die weite Welt wandern, statt unter ihrem Volk zu leben.«

Dabei sah er vielsagend zu Frappel hinüber, der die Stichelei jedoch nicht zu hören schien. Denn er lauschte gerade einem Vortrag von Vergil, der aus Anlass ihres gestrigen Abenteuers spontan ein Gedicht gereimt hatte:

Der tapfere Hekki, von Drachen gejagt,
lief wie ein Hase ganz unverzagt.
Am Abend beweinten wir unseren Freund,
nicht wissend, ob er noch irgendwo streunt
oder im Bauch eines Drachen verweilt.
Doch sieh, wer das Frühstück nun mit uns teilt!

»Wenn wir noch ein bisschen länger an diesem friedlichen Ort verweilen, werde ich die Zeilen in ein

Heldenepos mit zwölf Gesängen umarbeiten«, versprach der Poet feierlich.

»Ich fürchte, dazu wird es nicht kommen«, sagte Zenon, woraufhin Skratsch erleichtert aufatmete. »Wir haben unser Wort gegenüber Mafalda gehalten und euch geholfen, aber wir können unsere Stadt nicht länger als nötig dem Zorn Widukinds aussetzen. Je schneller ihr weiterzieht, desto besser für euch und für uns.«

Zenons offene Worte waren den Gästen zwar unangenehm, aber er hatte recht. Wenn sie zu lange in der Felsenstadt blieben, würde der Zauberer sicher Mittel und Wege finden, sie aufzuspüren. Sie mussten sich damit abfinden, dass sie, solange sie den Drachen bei sich hatten, jeden in Gefahr brachten, der ihnen helfen wollte.

»Ihr werdet morgen aufbrechen. Heute könnt ihr euch ausruhen und neue Kräfte tanken, denn die schwerste Etappe eurer Reise liegt noch vor euch. Ihr müsst durch das Land der Warane, aber einen anderen Weg nach Lyria gibt es nicht. Knut wird euch begleiten. Er kennt alle Geheimwege und wird euch schnell und sicher führen.«

Dann erhob sich Bürgermeister Zenon, rückte die goldene Kette zurecht, die schwer um seinen Hals hing, verabschiedete sich und verließ die Runde. Der Älteste Katris blieb länger. Er lud die fremden Besucher ein, die Stadt nach Lust und Laune zu erkunden, und Knut bot sich an, ihnen alles zu zeigen.

Eri und Skratsch nahmen dieses Angebot gerne an. Vergil wollte in der Herberge bleiben und deren Abgeschiedenheit dazu nutzen, wenigstens zwei Gesänge des geplanten Epos zu dichten. Und Frappel freute sich darauf, seine Eltern zu besuchen. Sie waren zwar alt, aber noch bei bester Gesundheit.

Nach dem Frühstück und der Morgenwäsche führte Knut das Mädchen und den Gnom nach unten ins Tal. Eri hatte außerdem noch Micha in seinem Körbchen dabei, und auch Feder begleitete die Truppe. Sie benutzten dieselben schmalen, aus dem Fels gehauenen Treppen, auf denen sie am Abend zuvor in der Dunkelheit nach oben geklettert waren. Im Hellen konnten sie jetzt sehr viel mehr erkennen: die in die Steinmauern gehöhlten Nischen, in denen die Stadtbewohner ihre Wohnungen eingerichtet hatten, und die vielen Gnome, junge und alte, die ihrem Tagesgeschäft nachgingen. Sie begegneten Handwerkern – ein Töpfer formte Tongefäße, ein Gnom drehte sein Spinnrad, in einer Schmiede am Rand wurden Eisenwerkzeuge gefertigt – und Gnomen, die sich mit dem Haushalt beschäftigten. Gnomenmamas in kunterbunten Kleidern bereiteten schon das Mittagessen für ihre Kleinen zu, wuschen Wäsche oder stopften winzige Gnomenstrümpfe. Übrigens waren alle Gnome, die ihnen begegneten, überaus farbenfroh gekleidet. Eri vermutete, das lag an dem ansonsten vorherrschenden Grau der Felsen, zwischen denen sie ihr Leben verbrachten.

Aber als sie die Talmulde erreichten, sahen sie, dass es in der Felsenstadt auch an Grün und Blumen nicht fehlte. Was ehemals eine Bergwiese gewesen war, von der Fläche her etwas größer als Eris Dorf, war in einen märchenhaft schönen Garten verwandelt worden. Mit sauberen Kieseln bestreute Spazierwege kreuzten die Grünflächen, es gab Bäume, und der in der Mitte des Tals liegende Bergsee war mit einem Mäuerchen zu einem Teich eingefasst worden. Hier kamen die frischen Fische her, die dem kleinen Drachen so sehr geschmeckt hatten. Knut zeigte ihnen auch Spielplätze, auf denen Gnomenkinder herumtobten, während ihre Mamas ein Auge auf die pelzigen Winzlinge hatten. Gerade die Kleinen zeigten keine Scheu, die Besucher aus nächster Nähe zu bestaunen. Sie drängten sich um Micha, der seine Eindrücke alle naselang in seiner Drachenbabysprache kommentierte. Jedes Gnomenkind wollte Michas grün-orangen Kopf streicheln. Am Anfang fand der Drache das noch ziemlich nett, aber bald wurde ihm der Ansturm der Händchen zu viel. Er heulte plötzlich los, sodass Eri ihn auf den Arm nehmen und trösten musste. Danach ließ er sich widerstandslos in seinen Korb packen, den Knut und Skratsch zusammen trugen.

Sie aßen im Außenbereich eines Gasthofs zu Mittag, der unter einer riesigen Eiche lag. Anschließend wollte Knut sie noch zu einem Ausflug in die luftigen Terrassen oben im Berg überreden und versprach wundervolle Ausblicke, aber Eri lehnte dankend ab. Sie war noch immer sehr erschöpft von der Aufregung der letzten Tage. Zurück in der Herberge, begrüßte Vergil sie mit dem ersten Teil seines Heldengesangs, den Skratsch einer strengen Kritik unterzog und dem Poeten vorwarf, die Geschichte zu sehr ausgeschmückt zu haben.

Als Eri wenig später in ihrem Bett lag, starrte sie durch das Fenster in den dunkler werdenden Himmel und dachte über alles nach, was sie bis jetzt erlebt hatte. Es kam ihr vor, als hätte sie ihr Zuhause nicht erst vor ein paar Tagen, sondern vor Jahren verlassen. Sie hatte solches Heimweh. Wenn sie ihre Augen zumachte, konnte sie Mama, Papa, Janis und den »anderen« Micha sehen, auch wenn ihre Gesichter irgendwie undeutlich wurden, verschwommen und fern, genauso wie ihr früheres Leben. Es war so ruhig und unaufgeregt gewesen, wie ein schöner Traum. Umso realer kamen ihr die Bewohner der märchenhaften Gnomenstadt vor. Echt war auch ihre Angst vor dem Zauberer und ihrer morgigen Wanderung durch das Land der wilden Drachen.

Wie sie so über ihr Zuhause nachdachte und über das, was vor ihr lag, gewann ihre Müdigkeit die Oberhand, und Eri schlief ein.

Diesmal war es nicht Widukind, der sie besuchte, sondern Mafalda.

Die Flüsterin befand sich in einem dunklen Raum mit einem kleinen vergitterten Fenster. Fahler Mondschein beleuchtete die gute Hexe, die auf einer Pritsche saß, ihre Hände im Schoß verschränkt. Ihr Gesicht war müde, und in ihren Haaren zeigten sich graue Strähnen. Trotzdem lächelte sie dem Mädchen zu, als wollte sie ihm Mut machen.

»Halte durch, kleine Eri. Ich weiß, es ist schwer für dich, und du sehnst dich nach deiner Mutter, nach deinem Zuhause. Aber du darfst nicht aufgeben. Widukind wird dir weiter Steine in den Weg legen, er wird dir drohen, aber er ist nicht allmächtig. Denk dran, all das Böse auf dieser Welt kann besiegt werden, wenn wir es wirklich wollen und zusammenhalten. Nicht mehr lange … Wenn du den Drachen bis zum Schluss beschützt, kommst du sicher nach Hause zurück. Das verspreche ich dir.«

Eri wollte Mafalda fragen, wie es ihr gehe und wo sie sei, aber die Flüsterin legte einen Finger über ihre Lippen, als hätte sie Angst, jemand würde sie belauschen. Dann machte sie eine magische Geste, bei der sie mit ihren Handflächen dreimal einen Kreis in der Luft zeichnete – und verschwand. Und Eri sank in den Schlaf zurück, bis Frappel sie mit einem leichten Schütteln ihrer Schulter weckte. In der Hand hielt er eine Öllampe.

»Gleich dämmert es, es wird Zeit«, flüsterte er. »Zieh dich schnell an, wir müssen aufbrechen.«

Sie tat, was er ihr sagte, weckte das Reh und nahm den Korb an sich, in dem der kleine Drache schlief. Erstaunt stellte sie fest, dass Micha jetzt bestimmt dreimal so schwer war wie nach dem Schlüpfen. Bald würde sie ihn gar nicht mehr alleine tragen können. Und außerdem dürfte ihm der Korb auch bald zu klein werden.

Sie ging auf die Terrasse der Herberge, wo sich schon alle anderen versammelt hatten. Bürgermeister Zenon war da und auch der Älteste Katris.

»Verzeiht, liebe Gäste, dass ihr so früh aufstehen musstet, aber es ist besser, wenn keiner mitbekommt, dass ihr aufbrecht«, sagte Zenon. »Vor allem, weil ihr einen Weg nehmen werdet, den nur wenige kennen. Und das soll auch so bleiben.«

Sie gingen langsam und vorsichtig nur im schwachen Licht der Öllampen. Fackeln wollten sie nicht anzünden, um keine Aufmerksamkeit auf sich zu ziehen. Sie erreichten den jetzt völlig verlassenen Garten in der Talmulde. Schnell huschten sie an den Bäumen vorbei, umrundeten den Teich, ließen die Spielplätze hinter sich und standen bald vor einer Felswand. Ein unförmiger, großer Felsbrocken lehnte dagegen und bildete eine Spalte, die sie erst entdeckten, als Zenon darauf gezeigt hatte.

»Dieser Weg führt zu einem Tunnel, der euch unter dem Berg hindurch auf die andere Seite nach Schenn bringen wird. Es ist unser Notausgang, sollte etwas mit dem Labyrinth sein.«

»Vielen Dank, Zenon, für alles! Und nun lasst uns gehen, es wird schon hell«, sagte Frappel. Der Obergnom ging auf ihn zu und drückte ihn herzlich zum Abschied.

»Leb wohl, tapferer Hekki. Ich hoffe, dass euer Unternehmen gelingen wird. Mögen alle guten Mächte mit euch sein.«

Knut zündete seine Fackel an, bückte sich und verschwand in der Felsspalte. Skratsch und Vergil folgten.

»Komm, Eri«, sagte Frappel und streckte einladend seine Hand aus.

Sie drückte sie ebenso fest wie den Griff des Korbs und betrat entschlossen den Felstunnel, dicht gefolgt von Feder.

11. Der Drachenjäger

Der Tunnel war wirklich sehr lang.

Wie Knut den Wanderern erklärte, war er nur zum Teil durch Gnomenhand gemacht, ein Großteil davon bestand aus natürlichen Korridoren und Höhlen, die von einem unterirdischen, längst ausgetrockneten Fluss ausgehöhlt worden waren. Die Tunneldecke war so hoch, dass sogar Vergil aufrecht gehen konnte. Die märchenhaft schönen Höhlen wären einen zweiten und dritten Blick wert gewesen, wenn die Wanderer mehr Zeit und Muße gehabt hätten. Von oben hingen tropfenförmige, versteinerte Zapfen herab, von unten aus dem Höhlenboden ragten Felsspitzen empor. An vielen Stellen konnte man an den Wänden Spuren von Bergbau entdecken. Gnome hatten hier nach Smaragden, Opalen, Saphiren, Amethysten und anderen Edelsteinen geschürft. Einige Höhlenabschnitte waren so riesig, dass man in ihnen leicht die halbe Bevölkerung der Felsenstadt unterbringen konnte. Das war wahrscheinlich auch der Grund, warum die Gnome seinerzeit die unterirdischen Gänge in den Berg gegraben hatten: Sollte der Stadt jemals Gefahr drohen, würden die Bewohner hier Zuflucht finden.

Da kein Sonnenlicht zu ihnen drang, wussten die Wanderer nicht, wie lange sie schon unterwegs waren. In der Dunkelheit fühlten sich die Minuten wie Stunden an. Aber dann, endlich, sahen sie am Ende eines geraden Tunnelabschnitts den Ausgang. Erleichtert beschleunigten sie ihre Schritte, bis sie fast schon rannten.

Dann standen sie in einer kleinen Talmulde, umringt von den hohen Felsen. Ein kleiner sauberer Bergbach floss in der Nähe, und Brennholz lag auch herum, also einigten sich alle schnell darauf, ein verspätetes Frühstück einzunehmen. Es stellte sich heraus, dass sie nur ein paar Stunden unter dem Berg verbracht hatten, denn die Sonne zeigte noch nicht einmal die Mittagszeit an. Trotzdem hatten sie schon lange nichts mehr gegessen, also machten sich alle eifrig an die Arbeit. Die Gnome hatten ihre Vorräte großzügig aufgefüllt. Frappel zog los, um sich, wie er sagte, die Umgebung anzusehen, und Knut fing an, in dem großen Sack, den Vergil gerade abgelegt hatte, herumzuwühlen. Nach einigem Suchen holte er daraus ein Paar unförmige, aus Bast und Gräsern geflochtene Hauslatschen hervor.

»Pantoffeln«, erklärte Knut, als er Eris neugierigen Blick sah. »Speziell für unsere Reise aus festem, biegsamem und sehr weichem Gras angefertigt. Wir werden sie später über unsere Schuhe ziehen.«

Nacheinander holte er alle Latschen aus dem Sack, legte sie vor sich hin, zählte noch mal durch und sortierte sie dann der Größe nach, von ganz klein bis riesig. Eri schaute ihn noch immer verwundert an.

»Das ist wegen der Warane«, sprach Knut weiter. »Sie können nicht gut sehen, auch nicht sonderlich gut riechen, aber ihr Gehör ist ausgezeichnet. Sie hören schon das kleinste Rascheln aus einer Entfernung von einigen Hundert Metern. Wir werden diese Pantoffeln auf unserem Weg durch Schenn tragen, weil wir ganz leise sein müssen und sie unsere Schritte dämpfen. Reden dürfen wir unterwegs auch nicht. Es ist besser, wenn die wilden Drachen gar nicht erst mitkriegen, dass wir durch ihr Land gehen.«

Er suchte für sich ein Paar Latschen aus, zog sie über seine Schuhe, stand auf und machte einige Probeschritte. Und tatsächlich – er bewegte sich darin fast geräuschlos. Die Graspantoffeln dämpften sogar lautes Aufstampfen.

»Wir leben schon seit Jahrhunderten in diesen Bergen und haben gelernt, mit den Waranen umzugehen.« Knut trampelte und hopste noch immer herum. »Sie sind vielleicht nicht besonders schick, aber sie erfüllen ihren Zweck.«

Frappel kam von seiner Erkundungstour zurück und erklärte die Gegend, zumindest vorläufig, für waranenfrei. »Vorsichtig müssen wir trotzdem sein«, fügte er hinzu. »Vor allem, weil ich Spuren eines großen Lagers von Trollen und Ogern gesehen habe«, sagte er. »Gar nicht so weit weg, vielleicht fünfhundert Schritte von hier. Die Spuren sind zwei oder drei Tage alt.«

Seine Zuhörer sahen sich beunruhigt an. Trolle und Oger, die in den Düsterbergen zu Hause waren, hatten keinen guten Ruf. Man machte besser einen großen Bogen um sie.

»Sie kommen manchmal nach Schenn, um hier Warane zu jagen, weil sie mit ihren Knochen und Häuten handeln«, erklärte Knut.

Dann endlich ließen sich alle zum Frühstück

nieder und füllten ihre Bäuche, so gut sie konnten. Die nächste Mahlzeit würden sie erst nach Sonnenuntergang bekommen, vorausgesetzt, sie hätten bis dahin ein geschütztes Lager gefunden. Feder fraß drei rohe Möhren und Micha frischen Fisch. Da er inzwischen wirklich schwer war, bastelten Frappel und Skratsch aus einigen Lederriemen schnell eine einfache Tragevorrichtung, mit der sie den Korb am Rücken des Mädchens festschnallten. So würde Eri ihn den ganzen Tag lang problemlos tragen können.

Bevor sie aufbrachen, zogen sie die von Knut herausgelegten Latschen über ihre Schuhe. Beide Gnome gingen voran und hielten Ausschau nach Waranen. Der Rest der Gruppe folgte in einigem Abstand, damit sie, falls sie auf die wilden Drachen treffen würden, genug Zeit hätten, wegzulaufen und sich in Sicherheit zu bringen. Dank der Graslatschen bewegten sie sich fast lautlos. Knut hatte sogar an das Reh gedacht und umwickelte seine kleinen Hufe mit Schaffellstücken. Unterwegs sprachen sie kein Wort, auch dann nicht, wenn sie zwischendurch warten mussten, bevor Frappel ihnen mit Zeichen bedeutete, weiterzugehen. Das Redeverbot schien Skratsch besonders schwerzufallen, und auch Vergil kämpfte allem Anschein nach damit, lustige Verse, die ihm auf der Zunge lagen, zu unterdrücken.

Das Land der Warane machte einen deprimierenden Eindruck. Der Boden war von grauem Staub bedeckt, der ein bisschen wie Asche aussah und sich bei jedem Schritt in kleinen Wölkchen erhob. Nicht einmal dürres Steppengras gab es hier, nur ab und zu vertrocknete Bäume.

In manchen umliegenden Steinhaufen erkannte Eri Umrisse eingefallener Türme, Mauern und Festungsvorsprünge. Hier und da waren deutlich quadratische Fensteröffnungen oder Säulenfragmente zu sehen. Sie hatte so viele Fragen, konnte jedoch keine davon stellen. Es wäre viel zu gefährlich, das Redeverbot zu missachten. Schließlich konnte niemand wissen, ob in der Felsspalte, an der sie gerade vorbeigingen, nicht vielleicht ein Waran lauerte.

Erst als die Gruppe am Abend in einer tiefen Höhle rastete, durften sie sich leise unterhalten. Eri fragte nach den steinernen Ruinen.

»Das sind Reste menschlicher Ansiedlungen«, erklärte Frappel. »Vor Jahrhunderten wohnten hier Menschen, es gab sogar ein blühendes Königreich, dem es an Reichtum und Wohlstand nicht fehlte. Schenn war damals ein fruchtbares Land, voller Wälder und bebauter Felder. Die Menschen hier lebten fröhlich und friedvoll, bis eines Tages von jenseits des Meeres Drachen einfielen … Ein grausamer Krieg entbrannte, und die geflügelten Eroberer legten das Königreich in Schutt und Asche. Daher kommt dieser pulverige Sand, der noch heute den Boden bedeckt. Die Überlebenden verließen das Land und gingen weit weg. Später machten sich in dem verlassenen Schenn die Riesenechsen breit. Sie waren zusammen mit den Drachen gekommen und dienten ihnen als einfache Soldaten. Als die Menschen es schließlich doch schafften, die Drachen fortzujagen, versteckten die Warane sich in den Bergen und verwilderten. Deshalb nennt man sie auch wilde Drachen, im Gegensatz zu richtigen Drachen, die einen scharfen Verstand haben.«

Frappels Zuhörer schwiegen bedrückt. Der Gnom nahm einen trockenen Zweig auf und warf ihn in das Feuer, das Vergil in der Höhle angezündet hatte.

»Ja, das ist ein ungastliches, karges Land mit einer traurigen Vergangenheit«, sprach nun Knut weiter. »Wer nicht unbedingt muss, kommt nicht hierher. Aber jetzt sag ich euch mal was Tröstliches: Wir haben heute ein gutes Stück des Wegs geschafft. Habt ihr gemerkt, dass die Berge schon weit hinter uns liegen? Und das ist gut so, weil dort die meisten Waranennester sind. Je weiter wir uns von den Bergen entfernen, desto weiter weg sind wir von den Waranen und desto näher an Lyria. In zwei Tagen sollten wir dort sein. Und noch eine gute Nachricht: Frappel und ich haben nirgendwo auch nur eine Spur von Waranen gesehen, als wären sie seit Jahren nicht mehr hier gewesen.«

Das klang gut, aber als sie sich zum Schlafen niederlegten, dachte jeder für sich an das traurige Schicksal der Bewohner des von Drachen zerstörten Königreichs. Eri deckte den leise schnarchenden Micha sorgsam zu und fragte sich, wie es zu der Katastrophe kommen konnte. Micha war doch so ein friedliches, freundliches, ja liebenswertes Wesen. Vielleicht kam die Feindschaft zwischen den Drachen und den Menschen daher, dass sie schon anfingen zu kämpfen, noch bevor sie einander überhaupt kennenlernen konnten? Aber Eri konnte keinen wegen ihrer Vermutung fragen, denn ihre Gefährten schliefen schon tief und fest. Nur Knut war noch wach und bewachte aufmerksam den Höhleneingang.

Am nächsten Tag standen sie früh auf und machten sich nach einem spärlichen Frühstück auf den Weg durch das verlassene Land. Der Gedanke, mit jedem Schritt näher an Lyria zu sein, gab ihnen Kraft.

Zur Mittagszeit ordnete Frappel eine kurze Rast an. Sie machten diesmal kein Feuer, also gab es auch keine Suppe, sondern mit Käse gefüllte Brötchen, die sie von den Gnomen der Felsenstadt geschenkt bekommen hatten. Sie waren fast mit ihrer Mahlzeit fertig, als sie plötzlich seltsame Geräusche hörten: ein metallisches Geklapper, verbunden mit einer Art Schnauben. Sie erstarrten, mit offenen Mündern, unfähig, den letzten Bissen zu schlucken.

»Was zum …?«, flüsterte schließlich Skratsch mit erstickter Stimme. »Sind das Eisenwölfe?«

Frappel legte einen Finger auf seine Lippen und lauschte angestrengt. Sie konnten nichts sehen, aber die merkwürdigen Geräusche wurden immer deutlicher und lauter.

»Das sind keine Wacken«, sagte Frappel dann. »So was hab ich noch nie gehört. Ihr?«

Sie schüttelten ratlos ihre Köpfe. In dem Moment zerriss eine durchdringend schrille Stimme die Stille. Jemand sang aus Leibeskräften und völlig schief ein forsches Liedchen:

Mit Mut und Kraft im Streite,
mit Rat und Tat zur Seite,
sucht Ruhm zu jeder Stunde
in kampflustiger Runde.
Mit Helm und Schild im Kampf
und Rösser wild Gestampf –
Heute, morgen und fortan:
Der Ritter geht voran!

Alle drehten sich automatisch zu Vergil um, der mucksmäuschenstill mit seinem Brötchen in der Hand auf einem flachen Stein saß.

»Ich bin's nicht«, sagte er abwehrend. »Außerdem wird über Ritter und nicht über Räuber gesungen ...«

Skratsch, der aussah, als hätte ihn der Blitz getroffen, schlug sich mit der flachen Hand vor die Stirn.

»Das glaube ich jetzt nicht!«, rief er aus. »Was zum Henker hat der hier verloren?«

Die anderen starrten den Wichtel entgeistert an und verstanden nicht die Bohne. Inzwischen gab der Besitzer der schrillen Stimme die zweite Strophe zum Besten:

Von Schanze zu Schanze,
von Zinne zu Zinne,
in der Rüstung Glanze,
das Herz voller Minne –
Das ist Wonne, einzige Wonne,
das ist des Ritters Lebenssonne,
und fällt's auch manchmal schwer.
Denn bist du Ritter, bist du wer!

Der Gesang verstummte. Geklapper und das Schnauben wurden lauter, und in der Talverengung zwischen zwei Hügeln erschienen zwei Reiter. Der erste saß auf einem hohen, wenn auch sehr mageren Ross. Er war groß und trug eine verbeulte, staubige Rüstung. Das Visier seines Helms, auf dem eine zerrupfte, früher einmal weiße Feder prangte, war hochgeklappt. Er hatte ein längliches, blasses Gesicht, einen kurzen Spitzbart und einen umso längeren, nach oben gedrehten Schnurrbart. In der Hand hielt er eine lange Lanze. Seine locker sitzende Rüstung war für die metallischen Klappergeräusche verantwortlich. Der Neuankömmling summte jetzt dasselbe Ritterlied, das er gerade noch aus vollem Hals gesungen hatte.

Seitlich hinter ihm trabte ein kräftiges Maultier, auf dem ein stämmiger Bursche mit einem roten Vollmondgesicht saß, der seine Umgebung wachsam betrachtete. Er steckte in einer abgenutzten, dicht an dicht mit Flicken bedeckten Jacke und war mit einer Menge größerer und kleinerer Beutel und Säcke beladen.

Als die beiden Reiter die kleine Gesellschaft entdeckten, blieben sie wie angewurzelt stehen. Der Ritter senkte die Lanzenspitze, als wollte er jeden Augenblick angreifen, während sein Gefährte ihm in ruhigen Worten etwas zu erklären schien. Die beiden Gnome griffen nach ihren Bögen, Vergil nach seiner Keule, und Skratsch sprang mit den Armen wedelnd auf und stoppte seine Freunde.

»Erlaubt mir, euch Ritter Kokoschka vorzustellen, einen allseits bekannten Drachenjäger und den letzten Vertreter des berühmten Tristan-Ordens, sowie seinen tapferen Knappen Passek. Ich freue mich, Euch, werter Herr, bei guter Gesundheit und in ausgezeichneter Stimmung zu sehen!« Diese letzten Worte richtete er an den Mann in der Rüstung, der seine Lanze wieder aufgerichtet hatte und den Wichtel mit gerunzelter Stirn betrachtete.

»Seid Ihr das, Herr Skratsch? Oder trügen mich meine Augen?«

Skratsch verbeugte sich so tief, dass seine Wichtelmütze den Boden fegte.

»Nein, das tun sie nicht, Herr Kokoschka. Ich bin es, Euer ergebener Diener Skratsch. Wahrlich, das Glück ist uns hold, dass wir in dieser gottverlassenen Gegend einem so großartigen Ritter begegnen.«

Die von Skratsch sehr dick aufgetragenen Schmeicheleien schienen ihre Wirkung nicht verfehlt zu haben, denn die strenge Miene des Ritters hellte sich deutlich auf.

»Und was tut Ihr hier? Und Eure zahlreichen Kameraden?«

Skratsch verbeugte sich noch einmal tief. Die mit der Mütze aufgewirbelte Staubwolke kratzte in seinem Hals.

Er räusperte sich. »Unser Weg führt nach Lyria, zu der guten Hexe Wannafee«, erklärte der Wichtel und stellte seine Gefährten nacheinander vor. Kokoschka begrüßte jeden von ihnen mit einem vornehmen Nicken. Nachdem sich alle miteinander bekannt gemacht hatten, reichte der Ritter seine Lanze an den Knappen weiter und begann, mit einem Riesenlärm, den die klapprige Rüstung verursachte, von seinem Pferd zu steigen. Der Knappe half ihm dabei, aber selbst dann war es ein schwieriges Unterfangen.

»Was ist denn das für ein seltsamer Kauz?«, fragte Frappel seinen Freund Skratsch leise. »Wenn er weiter so viel Krach macht, haben wir hier bald Warane am Hals. Man kann ihn meilenweit hören!«

Skratsch sah zu dem Ritter rüber, der mühsam von seinem Pferd kletterte, und wackelte verwundert mit dem Kopf, als könne er immer noch nicht glauben, was er da sah.

»Ich hätte hier noch eher Widukind erwartet als ihn … Ich habe dir doch erzählt, dass ich schon mal in Schenn war. Es ist lange her, aber als ich noch ein junger Wichtel war, verspürte ich den unerklärlichen Drang, etwas von der Welt zu sehen. Und so bin ich eines Tages in einem Städtchen Arkadiens auf diesen … Ritter gestoßen. Sein Knappe Passek war damals auch schon bei ihm. Kokoschka wollte unbedingt auf Drachenjagd gehen und überredete mich, ihn nach Schenn zu begleiten. Da ich auf der Suche nach Abenteuern war, hab ich zugesagt und mein Abenteuer auch bekommen. Um ein Haar hätten diese höllischen Warane uns aufgefressen. Wir sind ganz knapp mit dem Leben davongekommen. Ich hätte gedacht, dass Kokoschka, genauso wie ich, genug Aufregung für ein ganzes Leben hatte, aber wie es aussieht, sind wir beide nun doch wieder auf abenteuerlicher Mission unterwegs. Er anscheinend, um wieder nach Drachen zu suchen …«

Die beiden Freunde schauten zu Eri rüber, die auf einem umgestürzten Baumstamm saß und das Reh mit einer Möhre fütterte. Auf dem Boden zu ihren Füßen stand der Korb, in dem Micha geschlafen hatte. In diesem Moment steckte er aber seinen Kopf heraus, gähnte breit und nieste noch ein paarmal kräftig. Damit zog er den Blick des Ritters auf sich, der inzwischen von seinem Ross heruntergekrabbelt war und zu den rastenden Wanderern ging. Als er den grünen Kopf sah, der aus dem Korb ragte, gähnte und nieste, blieb er wie vom Blitz getroffen stehen. Eine ganze Weile stand er nur da, mit weit aufgerissenen Augen. Dann blinzelte er einige Male, als könne er es nicht glauben.

»Passek! Verdammich noch mal, das ist ein Drache!«, brüllte er plötzlich mit einer unmenschlich lauten Stimme los. »Ein Drache! Ein richtiger Drache! Her mit der Lanze! Wo ist mein Pferd?«

Er fasste sich an den Gürtel, als wollte er dort nach einem Schwert oder Säbel greifen, aber zum Glück war dort weder das eine noch das andere. Dafür spannten Knut und Frappel sofort wieder ihre Bögen, während Vergil seine Keule in die Hand nahm. Auch der kleine Drache war offensichtlich in Kampfstimmung. Er sprang aus dem Korb, breitete seine Flügel aus, sperrte sein Mäulchen auf und fauchte laut. Der Ritter räusperte sich verlegen und suchte vorsichtshalber Schutz hinter seinem Pferd. Eri, die die Situation ganz verwirrt beobachtet hatte, sprang auf, lief zu dem Drachen und nahm ihn, ohne auf seine Proteste zu achten, schützend in den Arm. Dabei warf sie dem Ritter einen bösen Blick zu und stampfte wütend mit dem Bein auf.

»Wage es ja nicht, meinen Drachen anzufassen!«, rief sie empört. »Wenn du auch nur eine falsche Bewegung machst, werden dir meine Freunde das Fell über die Ohren ziehen!«

Die Gnome richteten ihre Pfeile auf Kokoschkas Brust, um zu zeigen, dass sie es ernst meinten, und Vergil rieb sich vielsagend mit der Keule durch seinen zerzausten Bart.

Den Ritter verließ sichtbar jeder Mut. Er drehte sich unsicher und Hilfe suchend zu seinem Knappen um.

»Ganz ruhig, Euer Gnaden«, meldete sich Passek zu Wort, der im Gegensatz zu seinem Herrn völlig gelassen geblieben war. Er langte in einen seiner vielen Beutel und kramte daraus ein dickes Buch und eine Holzleiste mit geheimnisvollen Zeichen hervor. »Zuerst müssen wir ein paar Messungen durchführen.«

Er lächelte freundlich und ging auf Eri zu, die immer noch den kleinen Drachen an ihre Brust drückte.

»Liebes Fräulein, könntest du deinen Freund bitte auf dem Boden absetzen?«, bat Passek höflich. »Ich würde ihn mir gerne ansehen. Ich werde ihm nichts tun, versprochen!«

Das Mädchen schaute den Knappen prüfend an. Er sah wie ein gutmütiger Mensch aus, der keiner Fliege etwas zuleide tun würde. Micha schien der gleichen Meinung zu sein, denn er begann sich in Eris Armen zu winden, damit sie ihn auf die Erde setzte. Eri schaute unsicher zu Frappel und Skratsch hinüber. Der Wichtel nickte unmerklich.

»Dieser Passek ist zehnmal so schlau wie sein Herr«, flüsterte Skratsch dem Gnom zu. »Ich glaube, er will uns allen aus der Patsche helfen.«

Der Knappe fing mit seiner Begutachtung an. Er

klappte sein Buch auf und legte dann die Holzleiste an alle möglichen Körperteile des Drachen an. Dabei schaute er prüfend immer wieder ins Buch, verglich verschiedene Tabellen und Kurven, murmelte leise vor sich hin und schrieb mit einem Stück Kohle seltsame Zeichen an den Rand des Buchs. Der kleine Drache verhielt sich dabei ausgesprochen ruhig und half bei der Vermessung, so gut er konnte, indem er die Brust rausstreckte, eine Pfote hob, die Flügel ausbreitete oder seinen Rücken krümmte. Schließlich packte der Knappe seine Gerätschaften weg, klappte das Buch geräuschvoll zu und atmete mit hörbarer Erleichterung auf.

»Ja, Euer Gnaden, es gibt hier keinen Zweifel«, sagte Passek und verkündete: »Es handelt sich zweifellos um einen waschechten Drachen, genauer gesagt, einen Flugdrachen, oder auch *Draco volans*!«

»Glumpf!«, bestätigte Micha und hob stolz sein grünes Köpfchen.

Bei diesen Worten wurde der niedergeschlagene Ritter wieder munter und tastete erneut seinen Gürtel ab.

»Bedeutet das, dass ich ihn jagen darf?«, fragte er hoffnungsvoll. »Die Jagdsaison endet erst in drei Tagen …«

Frappel und Knut, die während der Vermessung

ihre Bögen gesenkt hatten, hoben sie sofort wieder an und zielten auf den Ritter. Eri war jetzt richtig wütend und ballte ihre kleinen Fäuste, bereit, ihren Drachen um jeden Preis zu verteidigen, sollte Kokoschka auch nur einen Finger rühren. Vergil schnaufte schwer und machte einige Probeschwünge mit seiner Keule, als wolle er testen, ob sie auch gut in der Hand lag.

Inzwischen hatte Passek sich auf dem Baumstamm niedergelassen, öffnete erneut das Buch und blätterte eifrig. Dann hob er seinen Zeigefinger und wackelte damit von rechts nach links, als wollte er sagen, dass die Angelegenheit schwieriger sei, als sie aussah. Die anderen warteten gespannt auf sein Urteil und sahen ihn wie gebannt an.

»Die Jagdsaison ist das eine«, sagte er schließlich, nachdem er anscheinend genug darüber in seinem Buch gelesen hatte. »Das Alter des Drachen das andere. Paragraf achthundertsechsundachtzig der Drachenordnung besagt wie folgt: ›Das Alter, ab dem ein Drache zur Jagd freigegeben wird, beträgt einhundertundsechs Jahre.‹ Das bedeutet, dass jüngere Exemplare Jagdschutz genießen. Unser *Draco volans* hier ist noch nicht mal einen Monat alt und hat deshalb noch lange Schonzeit.«

»Ehem?«, machte der Drache verblüfft, woraufhin ihm Passek freundlich über seinen grünen Kopf strich.

»Schonzeit?«, hakte der Ritter nach. Sein Gesicht zeigte angestrengtes Nachdenken. »Soll das heißen, dass er zu klein ist?«

Der Knappe klappte das Buch zu und packte es wieder in den Beutel.

»Ja, viel zu klein«, bestätigte er.

Der Ritter verdaute eine Weile die Worte seines Knappen. Als ihm deren Sinn endlich aufging, wurde er sehr traurig.

»Ich muss hundertsechs Jahre warten?! Kommt mir ziemlich lang vor …«, sagte er bitter.

»Macht Euch keine Sorgen, Euer Gnaden, hundert Jahre vergehen wie im Nu«, versuchte ihn Skratsch zu trösten und gab seinen Freunden gleichzeitig wortlos ein Zeichen, ihre Waffen zu senken.

»Aber was soll ich bis dahin machen?«, rief der Ritter verzweifelt aus und senkte den Kopf. Er sah aus wie ein Häufchen Elend. Mit einem gewaltigen Gerassel seiner Rüstung ließ er sich zu Boden plumpsen. Das Kinn auf einer Faust abgestützt, starrte er jetzt nachdenklich und finster vor sich hin.

Alle hatten Mitleid mit dem armen Ritter. Sogar Micha wollte ihn trösten. Er tapste zu ihm hin und stupste sein Knie mit dem Kopf an.

»Glupp amm«, machte er und schnurrte wie eine Katze. Kokoschka sah ihn verwundert an und begann zögerlich, seinen Rücken zu streicheln. Diese Streicheleinheiten schienen Micha zu gefallen, denn er wölbte dem Ritter auch noch seinen Kopf entgegen.

»Das ist ganz einfach«, sagte Passek und zwinkerte Skratsch vielsagend zu. »Der gnädige Herr muss den Drachen ab sofort beschützen, damit ihm niemand etwas Böses antun kann. Sonst wird er nie groß genug für die Jagd werden.«

Die Miene des Ritters hellte sich auf, und seine Augen strahlten.

»Meinst du?«, fragte er hoffnungsvoll nach. »Ja, du hast recht. Ich muss auf ihn aufpassen, sonst kommt mir noch ein anderer Drachenjäger zuvor. Schließlich hab ich ihn zuerst gefunden, also darf ich ihn auch zuerst jagen, stimmt's?«

»Garumpf«, bestätigte Micha, sprang dem Ritter auf die Knie und fuhr mit seiner Zunge über dessen Gesicht. Die anderen brachen alle in Gelächter aus.

So wurde beschlossen, dass Kokoschka und Passek die Wanderung zusammen mit der Gruppe fortsetzen durften.

Bald war es Zeit zum Aufbruch. Knut machte noch eine ausgedehnte Runde um ihr Lager, um herauszufinden, ob der gnädige Herr Kokoschka mit seinem Lärm Warane angelockt hatte. Und Frappel verlangte vom Ritter – sollte er die Freunde nach Lyria begleiten wollen –, seine klapprige Rüstung abzulegen und sich mit Gesprächen, Gesängen und anderen Geräuschen zurückzuhalten. Der Miene des Drachenjägers nach zu urteilen, war das ein wirklich großes Opfer, aber er tat wie geheißen. Und sogar die Hufe des Pferdes und des Maultieres wurden mit Lappen umwickelt.

Während alle anderen letzte Vorbereitungen trafen, setzten Skratsch und Passek sich an die Seite, um zusammen ein Pfeifchen zu rauchen.

»Was macht ihr hier, in dieser ungastlichen Einöde?«, fragte Skratsch und bot dem Knappen Tabak an.

»Mein Herr und ich hatten eine angenehme Zeit am Hof«, antwortete Passek und holte seine Pfeife heraus, »als in Arkadien das Gerücht aufkam, man habe ein Drachenei gefunden. Dann hieß es noch, ein kleines Mädchen sei zusammen mit einem Gnom und einem Wichtel auf der Flucht nach Schenn, gejagt von Widukinds Wacken. Du weißt ja, wie das mit meinem Herrn ist. Kaum hatte er was von Drachen und Schenn gehört, schon musste ich unsere Sachen packen. Er brabbelte dabei ständig von Tristan und den Pflichten seines Ordens. Alle vernünftigen Argumente stießen bei ihm auf taube Ohren. Scheinbar hatte er komplett vergessen, wie unser erstes Abenteuer in Schenn ausgegangen ist …«

»Ein Gerücht, sagst du, soso …« Der Wichtel kratzte sich nachdenklich mit dem Pfeifenrohr seine Nase. »Weißt du, woher dieses Gerücht kam?«

»Nein, kann ich dir nicht sagen. Es tauchte plötzlich auf, zusammen mit den Eisenwölfen, die vor einigen Tagen in Arkadien einfielen.«

Skratschs Miene verdüsterte sich. Das Ganze roch verdächtig nach Widukinds Machenschaften. Jetzt waren vermutlich noch mehr böse Gestalten auf der Jagd nach dem Drachen, und sei es nur, um ihn an Widukind zu verkaufen. Scheinbar wollte der Zauberer sich nicht mehr allein auf den Erfolg seiner Wacken verlassen. Wie viele Halunken waren wohl noch auf der Suche nach Micha? Bis jetzt war ihnen nur Kokoschka begegnet. Der verschrobene Ritter hatte zwar die falschen Ansichten, aber im Grunde seines Herzens war er doch ehrenwert und nicht fähig zur Niedertracht. Andere waren da vielleicht nicht ganz so harmlos. Skratsch überfiel eine ungute Vorahnung, aber er behielt seine Überlegungen für sich, um niemanden zu beunruhigen. Außerdem würde sich dadurch auch nichts an ihrer Lage ändern. Das

Einzige, was sie jetzt noch tun konnten, war, diese trostlose Gegend so schnell wie möglich hinter sich zu lassen. Knut kam mit erfreulichen Nachrichten von seiner Erkundungsrunde zurück: keine Spur von Waranen. In einem lang gezogenen Gänsemarsch brach die Gruppe schließlich auf: vorne die beiden Gnome, dann der Ritter Kokoschka auf seinem Ross, die klapprige Rüstung in den Satteltaschen verstaut. Dahinter Passek, der zu Fuß ging und sein Maultier am Zaumzeug führte. Und auf dem Maultier saß Eri, den Korb mit Micha im Schoß. Den Schluss der Kolonne machten Skratsch und Vergil.

Schweigend wanderten sie durch Schenn, vorbei an den Ruinen der alten Festungen.

12. Das Land der wilden Drachen

Er war riesig, größer noch als die Warane vor dem Labyrinth.

Sie hatten ihn einfach nicht gesehen, obwohl sie die ganze Zeit aufmerksam nach Gefahren Ausschau hielten. Vielleicht deshalb, weil er völlig regungslos dalag, wie ein Felsbrocken, bedeckt mit angewehtem feinem Sand. Er lauerte am Ausgang einer schmalen Schlucht, die durch einen schon vor langer Zeit ausgetrockneten Fluss in den steinigen Grund gespült worden war. Bevor die ganze Gruppe in die Schlucht ging, waren Knut und Frappel schnell das trockene Flussbett abgelaufen, hatten aber nichts Verdächtiges gesehen. Auf Frappels Zeichen hin betrat daher auch der Rest der Gruppe die Felsenschlucht.

Der Waran bewegte sich erst, als sie so dicht herangekommen waren, dass eine Flucht zurück unmöglich war. Die Echse sah furchterregend aus: riesengroß, mit mächtigen Pranken und einem mit knöchernen Höckern gepanzerten Kopf. Sie starrte sie aus ihren kleinen gelben Augen an, riss ihren langen Schädel hoch und fletschte ihre gelblichen, schleimbedeckten Reißzähne. Dabei gab sie ein ohrenbetäubendes Brüllen von sich, das von den Wänden der Schlucht mit einem vielfachen Echo zurückprallte. Die Bestie kratzte mit ihrer Vorderpfote über den Boden und warf dabei eine Staubwolke nach hinten.

Die Gruppe war vor Angst wie gelähmt. Das Biest war kurz davor, sie anzugreifen.

Der Erste, der wieder zur Besinnung kam, war Frappel. Er griff nach seinem Bogen, kniete sich hin und zielte.

»Wir müssen ihn zum Schweigen bringen, sonst lockt er noch andere an«, sagte er und ließ einen Pfeil fliegen, der nur knapp an der Bestie vorbeizischte und im Sand landete. Der Waran wackelte gereizt mit dem Kopf, als wollte er eine Fliege verscheuchen, und brüllte noch einmal.

»Das bringt nichts«, sagte Knut, der auch einen Pfeil auf das Tier gerichtet hatte, ihn aber nicht abschoss. »Seine Haut ist viel zu dick …«

»Dann wird er meine Lanze schmecken müssen!«, rief Kokoschka wacker. »Passek, her mit meiner Rüstung!«

Der Knappe schluckte geräuschvoll und bewegte sich kein Stück, sondern starrte den Waran nur an wie ein Kaninchen die Schlange.

»Ich glaube nicht, Euer Gnaden, dass das eine gute Idee ist … Ich wette meine geflickte Hose darauf, dass dieses Untier sich nicht an die ritterlichen Spielregeln halten wird.«

Der Ritter seufzte und blickte genervt zum Himmel, als schämte er sich für die Angst seines Knappen. Dann riss er hart an den Zügeln seines Pferdes, senkte seine Lanze und stürmte los. Mit angehaltenem Atem beobachteten die Gefährten, wie Kokoschka dem Pferd die Sporen gab und mit kämpferischem Gebrüll unaufhaltsam auf die Bestie zugaloppierte. Der Waran spannte seine Beinmuskeln an und fegte mit mächtigen Schwanzbewegungen brüllend über den Boden.

Kokoschka ließ das Gebrüll völlig kalt. Er richtete seine Lanze auf den Waran und machte sich bereit, ihm den Todesstoß zu versetzen. Aber sein Pferd war offensichtlich sehr wohl vom Brüllen der Bestie verschreckt, sodass es eine Vollbremsung machte, indem es seine Vorderläufe in den staubigen Boden stemmte. Der Ritter wurde aus dem Sattel herauskatapultiert und flog unter lautem Geschrei über den Kopf des Pferdes hinweg geradewegs in einen Sandhaufen.

Eri spürte Frappels Blick auf sich. Der Gnom nickte, als wäre er zu einem Entschluss gekommen.

»Du musst deine Gabe nutzen«, sagte er. »Das ist nur ein Tier, ein wildes zwar, aber nur ein Tier.«

Eri wusste, dass er recht hatte. Sie überreichte Skratsch vorsichtig den Korb mit Micha und stieg vom Maultier ab. Passek versuchte kurz, sie aufzuhalten, bis der Wichtel ihn an die Seite zog und ihm erklärend etwas ins Ohr flüsterte. Eri näherte sich dem Waran langsam und vorsichtig. Direkt hinter ihr ging Frappel und gab ihr leise Anweisungen: »Zeig keine Angst, sei entschlossen und selbstbewusst. Bring Ruhe in deine Gedanken, konzentrier dich und denk daran, wie du das Reh angelockt hast. Das hier ist genauso, nur dass du jetzt mehr von deiner Gabe einsetzen musst.«

Sie waren jetzt ganz nahe an der Bestie, die zwischen Kokoschka und Eri und Frappel hin- und herschaute. Die Verblüffung, dass erst ein Mann mit seltsamen Schnäuzer und dann ein kleines Mädchen und ein noch kleinerer Gnom furchtlos auf ihn zugingen, war ihm anzusehen. Er senkte den Kopf und starrte sie aus kalten gelben Augen an.

»Leg deine Hand auf dein Herz, Eri. Dort ist die Quelle deiner Gabe«, sprach Frappel.

Sie tat, was Frappel sagte. Sie legte ihre rechte Hand auf die Brust und fühlte ihren eigenen ruhigen und festen Herzschlag. Sie dachte an Mafalda, an den Moment, als die Flüsterin in ihrer Hütte stand und sich auf den Kampf mit den Eisenwölfen vorbereitete. Eri fühlte eine warme, große Welle in der Brust, die aus dem Herzen in jede Zelle ihres Körpers floss. Sie schwankte überrascht und wäre vielleicht gefallen, wenn Frappel sie nicht gestützt hätte. Die Welle wurde größer, füllte sie immer mehr aus, wollte aus ihrem Körper hinaus … Ohne nachzudenken, nahm Eri ihre Hand von der Brust und streckte sie in Richtung des Warans aus. Sie fühlte, wie ihre Gabe in einem starken Strom durch ihre Finger zur Bestie floss.

Der Waran zuckte mit dem Kopf, als hätte ihn etwas Schweres getroffen.

»Geh weg«, befahl sie dem Tier. »Und komm nicht zurück.«

Das Biest schüttelte den Kopf jetzt heftiger und machte einen zögerlichen Schritt nach hinten.

»Geh weg und komm nicht zurück«, wiederholte Eri noch entschlossener. Die Gabe strömte jetzt so intensiv aus ihr hinaus, dass ihre Fingerspitzen prickelten. Der wilde Drache riss sein Maul auf, brüllte laut und anhaltend, drehte sich dann um und trabte schwerfällig zum Ausgang der Schlucht davon.

Eri fühlte einen plötzlichen Druck in der Brust, ihr wurde schwarz vor Augen, und mit einem leisen Stöhnen sank sie in die ausgestreckten Arme Frappels. Der Gnom legte sie vorsichtig auf den Boden und rief laut: »Schnell, bringt Wasser!«

Skratsch reagierte als Erster. Er griff nach seiner Feldflasche, rannte zu dem Mädchen und spritzte ihr Wasser ins Gesicht, um sie aufzuwecken.

»Sie kann mit ihrer Gabe noch nicht richtig umgehen«, sagte Frappel und versuchte, Eri etwas von dem Wasser in den Mund zu träufeln. »Ich hätte sie auch niemals dazu überredet, wenn nicht dieses Viech auf einmal … Wo zum Teufel ist es überhaupt hergekommen?«

Der Wichtel antwortete nicht, sondern rieb die kalten Hände des Mädchens zwischen seinen Handflächen warm. Währenddessen kamen auch Vergil, Knut und Passek mit den Reittieren herbei. Sie breiteten eine Decke über den Boden und legten die immer noch bewusstlose Eri vorsichtig darauf. Feder wich dabei nicht von ihrer Seite und versuchte, seine Beschützerin mit seinem kleinen Körper zu wärmen. Knut schlug vor, ein Feuer zu machen.

»Nein, das ist kein guter Platz zum Rasten, zu gefährlich«, sagte Frappel. »Sieh mal lieber nach, was aus dem Waran geworden ist.«

Knut nickte und lief der Staubwolke, die der Waran aufgewirbelt hatte, hinterher. Das Biest selbst war schon hinter den Felsen verschwunden. Ritter Kokoschka, der sich inzwischen aufgerappelt hatte, stieß wieder zu den anderen. Er war noch sichtbar benommen und ächzte unter den Schmerzen, die er sich bei seinem Sturz zugezogen hatte. Als er aber Eri am Boden sah, waren seine eigenen Wehwehchen vergessen. Sofort bot er sein Pferd als Transportmittel für sie an. Zusammen mit seinem Knappen bastelte er aus zwei Lanzen, Riemen und Decken eine Art Schlittentrage, die von dem Pferd gezogen werden konnte. Das Mädchen wurde immer noch nicht wach, obwohl die Freunde schon alles versucht hatten. Ihr Herz schlug schwach, aber regelmäßig.

»Sie ist erschöpft«, sagte Frappel schließlich. »Alles, was sie jetzt braucht, ist Schlaf.«

Gerade als sie Eri auf die Trage schnallten, kam

Knut mit guten Nachrichten zurück. Der Waran lief immer noch in Richtung der Berge und war nur noch ein kleiner Punkt in der Ferne. Andere wilde Drachen hatte Knut in der Gegend zwar nicht gesehen, aber das musste nicht unbedingt heißen, dass es keine gab. Und er hatte eine Grotte in der Nähe entdeckt, die groß genug für alle war, sogar für das Pferd und das Maultier.

»Und die allerbeste Nachricht ist«, sagte er zum Schluss, »dass Lyria nicht mehr weit ist. Morgen werden wir da sein. Ich konnte den Steinwald schon am Horizont erkennen.«

Die Grotte war groß und angenehm, ihr Boden war mit sauberem Sand bedeckt.

Eri war immer noch nicht wach geworden. Ihre Freunde betteten sie vorsichtig auf Decken, die sie auf dem sandig weichen Boden ausgebreitet hatten. Da Eri es nicht selbst konnte, übernahmen die anderen ihre üblichen Aufgaben: Der Wichtel fütterte den Drachen, und Frappel kümmerte sich um das Reh. Essen hatten sie genug, auch dank der Vorräte, die der umsichtige Knappe für sich und seinen Herrn eingepackt hatte. Während Feder sich nach ihrer Möhrenmahlzeit an Eri schmiegte und sofort einschlief, war Micha sehr unruhig. Er hatte eine große Portion von dem im Wasser aufgeweichten

Trockenfisch gegessen, wollte aber trotzdem nicht schlafen. Jedes Mal, wenn Skratsch ihn ins Körbchen legte, kam er kurz darauf herausgekrochen, watschelte auf Eri zu, stupste sie mit der Nase in die Wange und winselte jämmerlich. Der Wichtel versuchte vergeblich, ihn zu beruhigen und zum Schlafen zu überreden.

»Glump ga«, schnaufte das traurige Drachenkind und kroch wieder einmal aus dem Korb zu Eri.

Skratsch kratzte sich ratlos am Kopf.

»Ich spreche kein Drachisch, jedenfalls noch nicht«, sagte er. »Was soll ich jetzt mit dir machen, hä?«

»Lassen wir ihn doch einfach bei Eri bleiben«, schlug Frappel vor.

Das erwies sich als eine gute Idee. Kaum hatte sich der kleine Drache an Eris Seite zusammengerollt, schnaufte er ein paarmal leise und schlief ein. Skratsch legte den Zeigefinger über die Lippen und entfernte sich zusammen mit Frappel ans andere Ende der Grotte, wo Kokoschka und Passek schliefen. Der Ritter stöhnte ab und zu im Schlaf, weil ihm scheinbar immer noch die Knochen von seinem Sturz wehtaten.

»Was meinst du, wird sie wieder wach werden?«, fragte Skratsch seinen Freund sorgenvoll.

Frappel hockte sich auf den Boden und rollte seine Decke aus.

»Ich glaube schon. Sie hat zwar viel Kraft verloren, aber eine gute Schippe Schlaf sollte das wieder richten. Und uns, lieber Herr Wichtel, wird er auch guttun.«

Das ließ Skratsch sich nicht zweimal sagen, er legte sich neben den Gnom und schlief schon bald wie ein Stein. Frappel hingegen starrte noch lange an die Decke der Grotte, von der bizarr geformte Stalaktiten herunterhingen, beleuchtet durch das langsam verlöschende Feuer. Er dachte über das heutige Geschehen nach. Mit der Gabe war nicht zu spaßen. Zauberer und Flüsterinnen lernten eigentlich über viele Jahre, diese Kräfte zu beherrschen. Andererseits wusste er aber auch, dass sie vorhin in der Schlucht keine andere Wahl gehabt hatten. Sie hatten es riskieren müssen.

Er sah noch einmal zu Eri hinüber. In dem schwachen Feuerschein konnte er erkennen, dass ihre Wangen nicht mehr so blass waren wie zuvor. Beruhigt schlief er schließlich ein.

Am nächsten Tag, noch im Morgengrauen, erklang in der Höhle das Geräusch von klapperndem Geschirr. Skratsch, der sich nach seiner Wache erst vor zwei Stunden wieder hingelegt hatte, machte mühsam ein Auge auf. Und öffnete dann, plötzlich hellwach, sofort das zweite. Im Schein eines fröhlich prasselnden Feuers sah er, wie Eri geschäftig mit einem Löffel im Topf rührte und Vergil, der die letzte Wache gehabt hatte, Suppe in den Teller goss. Der Poet bedankte sich wortreich und lächelte von Ohr zu Ohr. Die ganze Grotte war mit einem so verlockenden Duft erfüllt, dass allmählich auch die anderen Wanderer aufwachten. Sie versammelten sich alle um das Feuer und beäugten Eri skeptisch. Sie drückte jedem einen Teller Suppe in die Hand und schien vor Energie fast zu platzen. Die Auswirkungen der gestrigen Erlebnisse waren wie weggeblasen.

»Geht es dir auch wirklich gut?«, fragte Frappel besorgt. »Nach dem Abenteuer mit dem Waran haben wir uns große Sorgen um dich gemacht.«

Eri lächelte strahlend und reichte ihm ein Stück Brot.

»Mir geht's gut, alles bestens!«, versicherte sie. »Ich hab geschlafen wie ein Murmeltier.«

»Imgopp«, bestätigte Micha, der seine kleine Schnauze zufrieden aus der Suppenschüssel zog und ein kräftiges Bäuerchen machte.

Ritter Kokoschka beobachtete den Drachen mit Wohlwollen.

»Iss du nur schön. Aus dir soll mal ein großer und starker Drache werden.«

Micha warf ihm einen misstrauischen Blick zu. Auch Passek sah seinen Herrn tadelnd an.

»Ja, ja, ich weiß, ich muss einhundertundsechs Jahre warten.« Die Stimme des Ritters klang ein bisschen vorwurfsvoll.

»So, liebe Leute! Ende gut, alles gut«, verkündete Frappel und stellte seinen Teller zur Seite. »Lasst uns jetzt einen Zahn zulegen und uns auf den Weg machen. Dann können wir unser Abendessen schon in Lyria bei Wannafee genießen. So hoffe ich zumindest«, fügte er murmelnd hinzu.

Knut, der gleich bei Tagesanbruch losgegangen war, um die Gegend zu erkunden, betrat gerade die Höhle. Nachdem er versichert hatte, dass die wilden Drachen spurlos verschwunden seien, setzte er sich mit seinem Teller hin.

Die anderen fingen inzwischen an zu packen. Keine Stunde später waren sie schon auf dem Weg. Die Hügel mit den Ruinen der Menschensiedlungen lagen nun hinter ihnen, und sie betraten mal wieder eine weite, dürre Ebene, auf der, so weit das Auge reichte, nichts wuchs, außer einigen stacheligen Büschen hier und da. Die Wüste zog sich bis zum Horizont hin, wo ein breiter, dunkler Strich zu erkennen war.

Stunden vergingen, und während der gesamten Zeit gab es um sie herum kein Leben, nur der Wind wirbelte manchmal eine kleine Staubwolke auf oder rollte eine raschelnde Buschkugel vorbei. Der Strich am Horizont wurde immer dicker und ausgefranster. Einige Zeit später konnten sie die blätterlosen Baumkronen erkennen. Sie erhoben sich zum Himmel wie gespreizte, krumme Finger einer knochigen Hand.

Knut, der die Gruppe wie üblich anführte, gab ihnen ein Zeichen, und sie machten einen Bogen nach links. Scheinbar hatte der Gnom nicht vor, die gespenstische Wildnis zu betreten. Mit jedem Schritt waren die schwarzen, knorrigen Bäume immer deutlicher zu sehen. Plötzlich blieb Skratsch stehen. Ihm war, als hätte er inmitten der toten Wildnis Bewegung wahrgenommen.

»Wartet!«, rief er. »Da ist etwas!«

Auch Frappel blieb stehen und sah zum Wald. Skratsch hatte recht: Zwischen den Baumstämmen huschten Gestalten umher.

»Wacken?«, fragte Skratsch unruhig.

»Nein«, antwortete der Gnom panisch. »Das sind Oger und Trolle!«

Es waren vierzig, vielleicht fünfzig. Die Trolle waren große, gedrungene Männer mit Bart, gekleidet in Wolfs- oder Bärenfelle. Sie trugen spitze Hüte und waren mit Schwertern, Keulen und Spießen bewaffnet. An ihrer Seite standen Oger. Größer noch als die Trolle, trugen sie außerdem gehörnte Helme auf ihren riesigen Schädeln. Die Oger hielten gewaltige Beile in ihren Pranken, mit denen sie bedrohlich hin und her schwangen. Sie alle verteilten sich in einer langen Reihe und kamen mit ihren rasselnden Waffen immer näher. Die, die an den Rändern gingen, bewegten sich etwas schneller, sodass ihre Angriffslinie die Form eines Hufeisens annahm, das sich immer enger um die Gruppe zusammenzog.

»Lauft, das sind Widukinds Söldner!«, schrie Skratsch.

Aber Frappel beobachtete die auf sie zumarschierenden Oger und Trolle nur und bewegte lautlos die Lippen, als würde er etwas berechnen. Dann kniete er sich hin und spannte einen Pfeil in seinen Bogen.

Dann sagte er ruhig, aber bestimmt: »Knut und ich bleiben hier und versuchen sie aufzuhalten. Ihr lauft weiter, und vielleicht schafft ihr es nach Lyria.«

Als hinter ihm ein lautes Scheppern erklang, drehte er sich um und sah, wie Kokoschka mit Passeks Hilfe die klappernde Rüstung anlegte. Dann reichte Passek seinem Herrn ein Schwert, und Kokoschka machte damit einige Probeschwünge, die die Luft zischend zerschnitten.

»Verzeiht, werte Freunde, aber das hier ist eine Angelegenheit für Ritter«, sagte er, griff feste nach den Zügeln und gab seinem Pferd die Sporen. »Ich bekämpfe diesen Abschaum da, und ihr macht euch vom Acker.«

Inzwischen liefen ihre Angreifer mit einem lauten Kampfgeschrei auf sie zu, wobei sie ihre Spieße und Beile wild schwenkten. Eri klopfte das Herz bis zum Hals. Es waren so viele. Sie wusste genau, dass weder die Gnome noch der Ritter sie aufhalten konnten. Sie starrte verzweifelt die zu wildem Geschrei verzerrten Gesichter der Angreifer an … Da fielen ihr Warnas Geschenk ein und ihre Worte: »Wenn ihr in höchster Not seid und euch kein Ausweg bleibt …« Eri griff mit den Fingern in ihre Brusttasche, holte die Muschel hervor und warf sie mit Schwung hinter sich.

»Warna!«, rief sie laut.

Ihre Gefährten drehten sich erstaunt zu ihr um. Sogar der Ritter hielt sein Ross an. Dann blickten sie wieder zum Wald hin. Was sie dort sahen, verschlug ihnen den Atem.

Warna war ihnen wirklich zu Hilfe gekommen.

Direkt am Waldrand, dicht vor der Baumlinie, trat ein Fluss aus der Erde. Der sandige Boden bewegte sich brodelnd und schoss in die Höhe, gefolgt von einer riesigen Wasserfontäne. Sie verwandelte sich in eine gewaltige, regenbogenfarbene Wasserschlange, die ohrenbetäubend brüllte. Mit einem Mal verstummten die selbstsicheren Kampfschreie der Angreifer, und ihre Körper erstarrten. Die Wasserschlange, bestehend aus tosenden, hoch aufgetürmten Wellen, kam direkt auf sie zu. Als sie das begriffen, versuchten sie zu fliehen. Aber zu spät. Das aufgerissene Maul der gigantischen Schlange schnappte zu und riss die Oger und Trolle mit sich nach Schenn, hin zu den von Waranen bewohnten Bergen.

Als die letzte Bestie von den Wellen fortgetragen war, schrumpfte der aus dem Boden schießende Strom ganz plötzlich zu einem Rinnsal und verschwand spurlos, als wäre er nie da gewesen. Der Boden war so trocken und staubig wie zuvor, als hätte diese Gegend seit Jahrhunderten keinen Tropfen Wasser gesehen.

Eri und ihre Freunde standen mit offenen Mündern da.

»Gepriesen sei Warna«, sagte Frappel schließlich ehrfurchtsvoll und erhob sich aus seiner knienden Haltung. Den Bogen warf er sich wieder über die Schulter. »Kommt, nach Lyria ist es noch ein kleines Stück.«

In gewohnter Reihenfolge setzten sie sich, immer noch ganz benommen, am Rand des Steinwaldes in Bewegung.

Die abgestorbenen Bäume wachten still über das vergangene Königreich.

13. Lyrias Blumen

Lyria und Schenn waren so verschieden wie Tag und Nacht.

Die Wanderer hatten gerade eine sandige Böschung überwunden, als sie stehen blieben, um den Anblick, der sich ihnen bot, zu bestaunen. Die Landschaft vor ihnen sah aus, als hätte jemand zwei Teile eines schnurgerade durchgeschnittenen Honigpfannkuchens nebeneinandergelegt: das eine Stück hart wie Stein, trocken und grau angelaufen. Das andere weich, goldgelb und mit Rosinen und Obststücken verziert. Die Grenze zwischen den beiden Landschaften bildete ein kleiner Fluss, nicht besonders breit, aber reißend und kristallklar. Auf der Seite von Lyria nahm eine prächtig blühende Wiese ihren Anfang: Zwischen den Grashalmen wuchsen rote Mohnblumen und gelbe Sumpfdotterblumen, aufgeplusterte Gänsedisteln wiegten sich im leichten Wind, und hohe, bunte Tulpen reckten sich der Sonne entgegen. Weiter hinten sahen sie vereinzelte Buchen und Akazien.

Eri und ihre Freunde konnten sich nicht sattsehen an dem Schauspiel aus Farben und Formen, das nach der tristen Eintönigkeit Schenns so wohltuend war. Feder setzte sich zuerst in Bewegung. Das Reh hob seinen schlanken Kopf, schnupperte kurz in die Luft vor sich und sprang dann vergnügt den sandigen Hügel hinab, hin zum Flussufer. Dort blieb es zunächst stehen und trank lange von dem frischen Wasser. Als sein Durst gestillt war, sprang das Reh mit einem Satz in den Fluss, stemmte sich gegen die kräftige Strömung und schaffte es auf die andere Seite. Kaum angekommen, fing es sofort an, das saftige grüne Gras zu fressen, das es so lange entbehren musste.

»Seht mal, dort auf dem Stein im Wasser, da sitzt jemand«, meldete sich Frappel zu Wort und zeigte zum Fluss.

Sie folgten seinem Zeigefinger. Und tatsächlich, auf einem kleinen, aus dem Wasser ragenden Felsen, schon auf der Seite von Lyria, saß ein kleines Männlein mit einer gelb-grünen Weste und einem roten Spitzhut, wackelte mit den Beinen und pfiff vor sich hin. Alle naselang legte er eine Hand über seine Augen und sah sich aufmerksam um. Gerade hatte er sie entdeckt und winkte ihnen fröhlich zu.

»Das wird ein Abgesandter von Wannafee sein«, bemerkte Frappel scharfsinnig.

Die Wanderer gingen auf das Flussufer zu. Je näher sie der Grenze Lyrias kamen, desto unruhiger wurde Skratsch. Er starrte den kleinen Mann an und zupfte, sichtlich verärgert, an seinem kurzen Bärtchen.

»Soll mich doch …! Das darf doch nicht wahr sein!«, rief er aufgeregt. »Das ist er, der Schuft, der Nichtsnutz!«

»Wen meinst du?«, fragte Frappel verwirrt.

Sein Freund verzog das Gesicht.

»Wen soll ich schon meinen? Teofil! Seht ihr nicht, dass das ein Wichtel ist?!«

Das winkende Männlein sprang vom Stein und stand jetzt breit lächelnd und erwartungsvoll am Ufer. Tatsächlich, es war ein Wichtel, ihrem Freund gar nicht unähnlich, wenn auch ein bisschen kleiner.

Skratsch war inzwischen schon vorausgelaufen und blieb am Ufer stehen, beide Hände in die Seiten gestemmt. Der Wichtel auf der anderen Flussseite erstarrte mit der zur Begrüßung hochgestreckten Hand. Das Lächeln glitt ihm aus dem Gesicht. Mit aufgerissenen Augen schaute er den Neuankömmling an.

»Na, sieh mal einer an! Wen haben wir denn da?«, rief Skratsch. »Hattest du keinen Appetit mehr auf die Leckereien von Frau Genoveva?«

Der andere Wichtel trat verlegen von einem Fuß auf den anderen.

»Nein …«, brachte er schließlich heraus. »Ich habe den Dienst bei ihr und ihrem Mann kurz nach dir beendet …«

»Warum das denn, mein Lieber?«, fragte Skratsch giftig nach. »Hat Kleon endlich verstanden, dass dein Dienst vor allem darin bestand, statt der Ratten die süßen Kuchen zu vernichten? War es nicht so, Teofil?«

Der wusste gar nicht mehr, wo er hinsehen sollte.

»Mhm, ja, mehr oder weniger«, gab er widerwillig zu. »Du warst weg, aber die Ratten waren noch da und setzten den Herrschaften immer mehr zu … Aber das ist lange her, und ich habe mich verändert. Und meine neue Herrin Wannafee ist mit mir mehr als zufrieden.«

»Weiß sie denn auch, was du für ein Früchtchen bist?«, hakte Skratsch nach und warf seinem alten Kollegen einen zornigen Blick zu.

Teofil errötete und seufzte schwer. Inzwischen standen auch die anderen Wanderer am Flussufer. Sie hatten das Gespräch verfolgt und schauten nun gespannt den Wichtel am anderen Ufer an.

»Vor einer so mächtigen Hexe kann man keine Geheimnisse für sich behalten. Sie wusste alles über mich, sobald sie mir in die Augen sah. Sie sagte mir, ich sollte mich bessern, aber das hatte ich mir auch schon selbst vorgenommen. Ich hatte längst gemerkt, dass mein Verhalten nicht in Ordnung gewesen war. Deshalb möchte ich mich auch bei dir entschuldigen. Es tut mir von Herzen leid!«

Das klang ehrlich, und die traurige Miene von Teofil zeigte aufrichtige Reue.

»Na, das ist doch mal was«, sagte Frappel. »Für Entschuldigungen ist es nie zu spät. Und jetzt lasst uns von hier verschwinden. Erst auf der anderen Flussseite wirkt Wannafees Schutzzauber.«

Mithilfe der Reittiere überquerten sie den Fluss ohne Schwierigkeiten. An der tiefsten Stelle reichte ihnen das Wasser bis zum Bauch. Das Pferd und das Maultier mussten lediglich einige Male hin- und herwaten, um alle Wanderer trocken ans andere Ufer zu bringen. Nach einer kurzen Rast auf der Blumenwiese führte Teofil die Gruppe tiefer nach Lyria hinein.

Die Schönheit der Landschaft verschlug ihnen fast den Atem. Nicht einmal in Arkadien gab es ein Fleckchen wie dieses, darüber waren sich alle einig. Lyria war im Grunde eine einzige endlose Blumenwiese mit saftigem Gras und üppigen Sträuchern, durchzogen von Flüsschen, die das fruchtbare Land bewässerten. Die Wanderer genossen ihren Weg, füllten ihre Lungen mit dem berauschenden Duft der Blumen und lauschten dem fröhlichen Gezwitscher der Vögel, die einander sorglos durch die grünen Baumkronen jagten. Besonders zufrieden war das Reh, das übermütig herumsprang und immer wieder andere Blumen und Gräser naschte. Micha sah nicht ganz so begeistert aus, denn der Blumenstaub schien den kleinen Drachen in der Nase zu kitzeln, sodass er ständig niesen musste.

»Wie kommt es, dass du bei Wannafee angefangen hast?«, fragte Skratsch den anderen Wichtel.

»Ich hab zuerst in Arkadien nach Arbeit gesucht, hatte aber kein Glück. Nach der Rattenplage waren alle arm … Als ich auf dem Weg nach Lyria war, bin ich durch Zufall auf Wannafee und ihre Leute gestoßen. Sie nahm mich unter ihre Fittiche, weil sie Wichtel mag und sie gerne bei sich beschäftigt. Das wirst du nachher selbst sehen. Wir sind übrigens gleich da.«

Sie gingen durch einen lichten Birkenwald und konnten hinter den Bäumen ein großes Gutshaus erkennen. Als sie näher kamen, sahen sie das steile, mit roten Schindeln gedeckte Dach und weiße Mauern, die mit üppigen, fantasievollen Blumen bemalt waren. Der Hauptteil des Anwesens war zwei Geschosse hoch, an den Seiten war jeweils nur eine Etage. Die quadratischen Fenster hatten hölzerne Läden, die jetzt offen standen.

Als die Wanderer den mit Gras bewachsenen Vorgarten erreichten, sahen sie auf der Veranda eine große Frau mit langen schwarzen Haaren, die auf sie wartete. Sie hatte ein einfaches hellblaues Kleid an. Eri fiel auf, wie ähnlich sie ihrer Schwester Mafalda war: grüne Augen, ein ovales, hübsches Gesicht, nur viel jünger. Auch das strahlende Lächeln erinnerte an Mafalda.

»Herzlich willkommen«, sprach sie mit einer warmen, melodischen Stimme. »Ich habe schon lange auf euch gewartet. Wie schön, dass ihr gesund hergefunden habt!«

Dann begrüßte sie jeden Einzelnen von ihnen mit Namen, so herzlich, als würde sie sie seit Jahren kennen. Zu jedem hatte sie etwas Nettes zu sagen und lobte etwa die Klugheit oder den Mut des Angesprochenen. Als Wissende hatte sie sicher ihre

Mittel und Wege gehabt, all das über sie alle herauszufinden. Besonders herzlich begrüßte sie Eri und dankte ihr dafür, dass sie sich so gut um den kleinen Drachen gekümmert hatte.

Dann zeigte die gute Hexe mit einer einladenden Geste ins Hausinnere. In dem Moment öffneten sich die großen Doppeltüren und gaben den Blick auf eine Schar von Wichteln in bunten Westen frei, die sich sofort um die Neuankömmlinge kümmerten. Sie nahmen ihnen das Gepäck ab, führten die Reittiere in den Stall, reichten Schüsseln mit Wasser und kleine Handtücher zur Erfrischung.

»Darf ich?«, fragte Wannafee und streckte ihre Hand aus.

Das Mädchen reichte ihr den Korb, in dem der immer noch niesende Micha saß. Er atmete schwer, und seine Augen tränten. Wannafee strich ihm über das Köpfchen und blies ihn leicht an. Das Drachenkind nieste gewaltig, seufzte einmal befreit auf und leckte der Hausherrin dann, sichtlich dankbar, über ihre Wange.

»Glumm ap!«, machte er und warf Eri dann einen fragenden und leicht vorwurfsvollen Blick zu. Sie kannte diesen Blick nur zu gut: Der Kleine war schon wieder hungrig. Aber zumindest war das Niesen weg.

»Wenn er schon wieder Hunger hat, heißt das, dass

er gesund ist«, fasste Skratsch zusammen und fügte hinzu: »Liebe Hexe, dürfen auch wir darauf hoffen, deine berühmte Gastfreundschaft zu genießen?«

Als Antwort lachte Wannafee fröhlich und klatschte in die Hände. »Na, dann mal los!« Sie ging voran ins Haus und führte die Gruppe in den Speisesaal, links von der hohen Eingangshalle. Der lange Tisch war bis zum Rand mit Speisen und Getränken gedeckt. Beim Duft von Braten, aromatischen Wurzeln und süßen Kuchen lief ihnen das Wasser im Mund zusammen. Inzwischen hatten sie alle genug von den ständigen Lagersüppchen und freuten sich auf etwas Abwechslung. Sie setzten sich auf die Bänke an den Tischen und griffen zu. Wannafee ermunterte sie, hier eine Portion mehr zu essen und dort noch einen Nachschlag zu nehmen. Skratsch wurde besonders aufmerksam von Teofil bedient, der ihm immer wieder reichlich Grütze und Lammfrikassee auf den Teller schaufelte. Scheinbar plagte ihn immer noch sein schlechtes Gewissen. Als Wannafee merkte, dass der größte Hunger erst einmal gestillt war, sagte sie: »Ihr Lieben, ich würde euch gerne noch länger bei mir verwöhnen, aber ich habe leider schlechte Nachrichten. Ihr müsst euch morgen wieder auf den Weg machen. Widukind hat in derselben Nacht, in der die Wacken Mafalda im Fandorwald aufgespürt haben, den Hohen Rat der Vier Türme entmachtet. Die meisten altgedienten Zauberer warf er ins Verlies, und die jüngeren hat er entweder vertrieben oder auf seine Seite gezogen. Mafalda kam auch in den Kerker. Das heißt, wir sind auf uns alleine gestellt.«

»Und was ist mit Warna?«, fragte Skratsch.

»Sie ist zu weit weg. Keiner wird uns helfen. Es gibt nur noch uns.«

Entsetzen ergriff die Gesellschaft. Sie legten ihre Löffel weg und starrten die gute Hexe an.

»Widukind geht es natürlich um den kleinen Drachen. Gestern sind zwei Abgesandte von ihm in Lyria angekommen, junge Magier, die sich für seine Seite entschieden haben. Ich habe mit ihnen gesprochen. Wenn Widukind den Drachen nicht bekommt, tötet er alle Gefangenen. Auch Mafalda.«

Nach einer kurzen, fassungslosen Stille, die ihren Worten folgte, meldete sich Frappel zu Wort.

»Aber … Eri hat dem Drachen doch einen Namen gegeben«, sagte er unsicher. »Micha wird ihm nie gehören.«

Wannafee schüttelte traurig den Kopf. Sie seufzte schwer und sagte: »Es sei denn, Eri nimmt den Namen wieder zurück. Und genau das will Widukind. Er wartet auf uns in der Festung der Vier Türme.

Wenn Eri seine Forderung erfüllt und den Drachen aufgibt, lässt er Mafalda und die anderen frei.«

»Ist das wirklich der einzige Ausweg? Dass wir den Drachen an den grausamen Zauberer ausliefern?«, fragte Knut.

»Niemals!«, rief Eri entschlossen und drückte Micha an sich. Mit dem Bauch voller Fische war er neben ihr auf der Bank eingeschlafen. Durch die plötzliche Bewegung geweckt, blinzelte er im Halbschlaf.

»Glufz«, schnaufte das wehrlose Drachenkind, gähnte und schlief in Eris Armen ahnungslos wieder ein. Sein Anblick zerriss ihr fast das Herz.

Da trat auf einmal Ritter Kokoschka nach vorn, räusperte sich bedeutungsvoll und sagte: »Verzeiht, liebe Freunde, aber meiner Meinung nach ist die Zeit für eine ritterliche Tat gekommen. Ich werde diesen Widukind zu einem Kampf auffordern, entweder mit Schwertern oder zu Pferde mit der Lanze, wie es sich gehört. Schließlich habe ich auch ein Recht auf diesen Drachen.«

Wenn die Lage nicht so ernst gewesen wäre, hätten sie wahrscheinlich gelacht. Passek zog eine verzweifelte Miene und sah stumm bittend zu Skratsch hinüber. Der Wichtel verstand ihn auf Anhieb und antwortete ernst: »Ich fürchte, Euer Gnaden, dass dieser Gegner sich nicht an die ritterlichen Regeln halten wird. Er wird sich nicht persönlich mit Euch messen wollen, sondern stattdessen seine Wacken auf Euch hetzen. Ein Mensch, der kleine Mädchen verfolgt, Frauen entführt und Unschuldige in den Kerker wirft, würde niemals ehrenhaft kämpfen.«

Kokoschka dachte mit finsterer Miene lange darüber nach.

»Ihr habt recht, werter Wichtelmann«, antwortete er schließlich. »Dieser Widukind ist kein Mann der Ehre.«

Energisch meldete Wannafee sich wieder zu Wort: »Dennoch, wenn wir nicht zu den Vier Türmen gehen, wird er die Gefangenen töten. Das müssen wir verhindern.«

Eri, die den schlafenden Micha in ihren Armen wiegte, fing an zu weinen. Ganz leise, nur für sich, um den Kleinen nicht zu wecken.

»Also war alles vergeblich?«, fragte sie mit zitternder Stimme. »Wir haben so viel durchgemacht, und am Ende ist es, als hätten wir den Wald nie verlassen …«

Die gute Hexe stand auf, ging zu Eri und strich ihr über den Kopf.

»Ich verstehe deine Enttäuschung, Eri. Aber noch haben wir Micha nicht verloren. Noch geben wir nicht auf.«

In ihren Worten klang Entschlossenheit mit, und ihre Augen blitzten kämpferisch. Die Freunde schöpften wieder Mut. Vielleicht gab es doch noch Hoffnung. Sie durften einfach nicht zulassen, dass Widukind seine Drohungen wahr machte.

Die Runde beendete ihr Abendessen und folgte den Wichteln grübelnd auf die Zimmer. Sie lagen in einem Teil des Anwesens, der an einen blühenden Garten grenzte. Eris Raum war groß und hell, und in der Mitte stand ein sehr bequemes Bett. Aber obwohl Eri sehr müde war, ging sie zunächst ans geöffnete Fenster, angelockt von den süßen Gerüchen des Blumengartens. Wannafees Lieblingsblumen waren auf den ersten Blick zu erkennen: Rosen, Tausende davon, Buschröschen, Rosen in Rabatten und Kletterrosen, die an gemauerten oder hölzernen Laubengängen hochrankten. Sie erinnerten an rote Wellen, die sanft anstiegen und fielen. Der ungewohnte Anblick und der betäubende Duft waren überwältigend, und von den starken Eindrücken drehte sich Eri der Kopf.

Ein Stück weiter rechts, unter einem rosenumrankten Bogengang, saßen auf einer Bank zwei Gestalten. Sie sprachen leise miteinander, aber doch laut genug, dass Eri sie gerade so verstehen konnte.

»Hast du auch alles vernichtet?«, fragte Wannafees Stimme.

»Ja, Herrin, ich habe selbst die allerkleinsten Stücke ins Feuer geworfen.« Das war Frappel. »Nur eins hab ich zurückbehalten, so wie Mafalda es befohlen hat.«

Ein plötzlicher Windstoß bewegte die Ranken, und Eri sah, dass der Gnom in seine Westentasche langte und der Hexe etwas überreichte. Wannafee nahm es schnell an sich.

»Gut. Ich werde versuchen, sie noch heute zu rufen.«

Sie erhob sich von der Bank und ging mit Frappel tiefer in den Garten. Verwirrt über das, was sie gehört und gesehen hatte, setzte Eri sich aufs Bett. Ihr Blick fiel auf den Korb, in dem Micha lag und im Schlaf leise schnaufte. Auf einmal stand es ihr wieder deutlich vor Augen: Frappel, der die Bruchstücke der Eierschale gewissenhaft ins Feuer warf, alle, bis auf eines, das er heimlich in seine Westentasche steckte. Eri wollte unbedingt wissen, warum, aber auf einmal wurde sie sehr müde. Sie gähnte und zog das Nachthemd an, das auf ihrem Bett lag. Das Bett war weich, zu weich, um der Versuchung zu widerstehen. Sie würde Frappel morgen nach der Schale fragen.

Als Wannafee ins Zimmer kam, schlief Eri schon tief und fest. Die gute Hexe sah das Mädchen lange prüfend an, dann zog sie ein Tuch aus dem Korb zur

Seite und beobachtete eine Weile den kleinen Drachen. Sie dachte nach. Bevor sie das Zimmer wieder verließ, zog sie die verrutschte Decke bis unter Eris Kinn und schloss die Fensterläden, denn die Nachtluft war inzwischen abgekühlt.

Eri träumte von Mafalda.

Die Flüsterin war in dem gleichen engen Raum, in dem sie sie schon einmal gesehen hatte. Aber jetzt wusste Eri, dass dies eine Zelle im Kerker der Festung der Vier Türme war. Mafalda saß kerzengerade auf ihrer Pritsche und sah dem Mädchen angespannt in die Augen.

»Hab Vertrauen zu meiner Schwester«, flüsterte sie, als wollte sie nicht, dass jemand mithörte. »Wannafee weiß, was zu tun ist. Der Kampf ist noch nicht verloren. Sei tapfer und halte durch. Bald kannst du wieder nach Hause.«

Sie wollte noch etwas hinzufügen, aber dann zuckte sie erschrocken zusammen und sah sich um, als hätte sie etwas Beunruhigendes gehört. Sie machte mit ihrer Hand eine schnelle Kreisbewegung, und ehe Eri etwas fragen konnte, verschwand sie in einer Nebelwolke.

14. Vier Türme

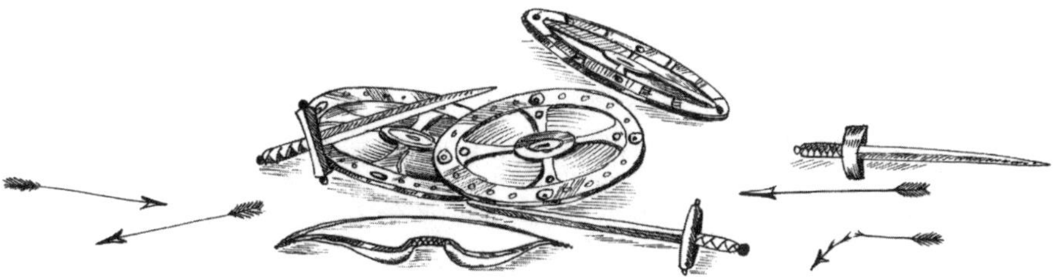

Die Festung der Vier Türme ragte in der Ferne wie ein kantiger Berg mit vier Spitzen in die Höhe.

Die riesengroße Gruppe, die das Anwesen der guten Hexe noch am Morgen verlassen hatte, ging nun direkt darauf zu. Wannafee hatte für sich und ihre Freunde allein zwanzig Wichtel als Begleitschutz mitgenommen. Außerdem noch einige bequeme Wagen, die von Ochsen gezogen wurden. Und statt wie bisher quer durch die Landschaft zu wandern, konnten sie auf diesem Wegstück einen alten, holprigen Handelsweg nehmen.

Die Reise verlief ohne Zwischenfälle. Die wilden und ruppigen Bewohner der bergigen Siedlungen, die es gewöhnlich als einen angenehmen Zeitvertreib ansahen, hin und wieder Reisende zu überfallen, waren wahrscheinlich von der Größe der Karawane abgeschreckt und hielten sich von ihr fern. Möglicherweise waren sie aber auch von der lärmenden Rüstung und der bedrohlich aufgestellten Lanze des Ritters Kokoschka beeindruckt. Oder vielleicht auch von Vergils Keule, die er mit finsterer Miene bedeutungsvoll hin und her schwang. Was die Möchtegernräuber aber noch viel wirksamer abhielt, waren die Wacken. Sie waren in Sichtweite der Karawane erschienen, hielten Abstand, versteckten sich aber auch nicht. Widukinds Späher passten auf, dass die Reisenden es sich nicht womöglich anders überlegten und umkehrten.

Der Zauberer hatte ihnen nicht viel Zeit gegeben, die Festung zu erreichen, also nutzten sie das Tageslicht für die Reise und rasteten in der Nacht. Wannafee hatte Eri in ihren geräumigen Planwagen eingeladen, der von vier ruhigen Ochsen gezogen wurde. Das Innere des Wagens war wie eine Kutsche eingerichtet und so bequem, dass Eri sich wie eine Prinzessin fühlte. Die beiden unterhielten sich viel auf dem Weg. Die gute Hexe wollte alles wissen, was die Gefährten auf ihrer Wanderung erlebt hatten. Eri erzählte es gerne und ausführlich, auch weil sie sich damit ein bisschen für die Hilfe und den Schutz Wannafees bedanken wollte. Als sie in ihrer Geschichte an die Stelle kam, wo sie auf den großen Waran in der Schlucht trafen, verstummte Eri. In Erinnerung an das bedrückende Erlebnis runzelte sie ihre kleine Stirn.

»Wannafee, was ist da mit mir passiert?«, fragte sie. »Ich weiß wirklich nicht, wie ich es geschafft habe, diesen Waran zu verscheuchen! Alles war so merkwürdig …«

Die Fee streichelte Eri beruhigend über die Hand.

»Du musst dir deswegen keine Sorgen machen«, antwortete sie. Du bist eine Wissende, so wie Mafalda und ich. Und das ist nichts Schlechtes. Du hast bestimmt schon davon gehört, dass manche Menschen die Gabe besitzen, mit ihrem Geist ungewöhnliche Dinge zu tun. Man kann diese Gabe auch als Macht bezeichnen.«

Eri erinnerte sich, dass Hanna mal davon gesprochen hatte. Die Gabe war etwas, das Zauberer, Hexen und Flüsterinnen hatten, nicht aber normale Menschen. Welcher Mensch zu den Wissenden gehören würde und wer nicht, konnte keiner beeinflussen. Jemand, dem die Macht gegeben wurde, konnte genauso gut in einem Palast zur Welt kommen wie in einer Bauernhütte.

»Aber wieso ich?«, fragte Eri. »Ich wollte das doch gar nicht!«

»Ich glaube, niemand von uns wollte das«, sagte Wannafee leise und schaute nachdenklich aus dem Fenster. Der Weg durchschnitt gerade eine Bergweide, auf der unter den wachsamen Augen ihrer Hirten Schafe grasten. Die Flüsterin beneidete diese Menschen ein bisschen, weil sie nur ihre kleinen, alltäglichen Sorgen hatten. »Die Macht, liebe Eri, kommt irgendwann zum Vorschein, und dann bleibt sie, ob wir es wollen oder nicht. Sie ist eine Gabe, die man nicht ablehnen darf. Das Einzige, was man tun kann, ist, zu lernen, mit ihr umzugehen. Ich weiß, dass du noch keine Gelegenheit dazu hattest. Deshalb hast du die Begegnung mit dem Waran fast mit deinem Leben bezahlt.«

»Werde ich es denn irgendwann lernen?«, fragte Eri unsicher. Sie hatte immer noch viele Fragen und Zweifel.

Als einer der Hirten die vorbeiziehende Karawane sah, sprang er auf einen Felsbrocken und winkte. Die Fee lehnte sich aus dem Fenster und gab den Gruß zurück. Dann wandte sie sich mit tiefer Sorge in den Augen wieder dem Mädchen zu.

»Jetzt ist kein guter Zeitpunkt, darüber nachzudenken.«

Also sprachen sie nicht mehr darüber. Am Abend, als die Sonne tief stand, unterbrachen sie ihre Reise und schlugen das Lager auf. Die Wichtel waren sehr geschickt darin, Zelte aufzustellen und Feuer zu machen. Obwohl es reichlich gute Speisen gab, war die Stimmung gedrückt. Sie wussten, dass es trotz allem, was sie bisher erreicht hatten, schwierig werden würde, gegen Widukind zu gewinnen. Sogar der kleine Drache, der sonst immer zu Abenteuern aufgelegt war, fühlte die Traurigkeit und schmiegte sich so oft er konnte an Eris Wange.

Um die Gruppe von ihren Sorgen abzulenken, erzählte Wannafee ihnen von der Festung der Vier Türme.

»Im Ostturm wird die Magie des Lebens gelehrt und praktiziert. Dort lernen Flüsterinnen, wie sie Menschen und Tiere heilen. Im Westturm beschäftigen sich die Zauberer mit der Magie der Elemente und versuchen, die Geheimnisse von Feuer, Wasser, Erde und Luft zu ergründen. Im Nordturm lehren weise Männer und Frauen die Magie des Verstandes und erforschen, was uns zu denkenden Wesen macht. Im Südturm schließlich befassen sich die begabtesten Hexenmeister mit der Magie der Macht. Sie versuchen, die Kräfte zu verstehen, die die Welt der Menschen und anderer denkender Wesen zu dem macht, was sie ist. Zu dieser letzten Gruppe gehörte leider auch Widukind. Aber anscheinend reichte ihm das Wissen um die Macht in der Welt nicht mehr aus. Stattdessen wollte er die Macht selbst besitzen, ohne Einschränkungen. Er wurde durch seine Gier danach so geblendet, dass er nicht mehr zwischen Gut und Böse unterscheiden konnte.«

»Und wozu genau braucht er unseren Drachen?«, fragte Knut ratlos.

Alle schauten zu Micha, der in Eris Armen schlief.

»Er will aus ihm eine Waffe machen und mit seiner Hilfe die Welt beherrschen«, antwortete die Hexe.

Plötzlich wurde Micha wach und fing an zu zappeln und sich umzuschauen. Dabei sperrte er sein Mäulchen weit auf, als wollte er an dem Gespräch teilnehmen. Obwohl das sehr lustig aussah, blieb Wannafee ernst.

»Dieser Drache hier wird bald ausgewachsen sein. Ihr seht doch selbst, wie schnell er größer wird. Und was Drachen aus einer fruchtbaren und blühenden Landschaft machen können, habt ihr in Schenn gesehen …«

Ihre Zuhörer schwiegen betroffen beim Gedanken daran, wie schlimm es für die Welt wäre, wenn der Drache in die Hände des bösen Zauberers geraten würde. Am Ende des dritten Tages ihrer Wanderschaft bogen sie vom Hauptweg zu einer niedrigen Hügelkette ab. Die kleine Gebirgskette bestand aus drei nicht allzu hohen Hügeln, die ein bisschen wie Wichtelhüte aussahen. Auf dem mittleren dieser Hügel stand die Festung der Vier Türme.

Sie sah beeindruckend aus. Die Hügelspitze war von dicken Mauern aus schwarzen Basaltsteinen eingerahmt. Die Mauern waren Hunderte von Ellen hoch, und aus jeder der vier Ecken wuchs ein mächtiger Turm mit unzähligen Schießscharten in die Höhe. Die Messingkuppeln auf den Turmspitzen glänzten in den letzten Strahlen der untergehenden Sonne blutrot. Um die Festung herum verlief ein tiefer Graben, und das Haupttor sowie die Zugbrücke wurden von gefährlich wirkenden Trollen bewacht. Sie waren bis an die Zähne bewaffnet, schienen aber im Moment nicht angriffsbereit zu sein.

Die Karawane machte am Fuß des Hügels halt. Da die Zufahrt zum Tor zu schmal für die Wagen war, mussten sie das letzte Stück zu Fuß gehen: Wannafee zuerst, gefolgt von Eri, die den Korb sorgenvoll an sich drückte, dann die Gnome, Skratsch und Vergil. Kokoschka und sein treuer Knappe Passek bildeten den Schluss. Feder, Teofil und die anderen Wichtel blieben auf Wannafees Wunsch bei den Wagen.

Bevor sie die hölzerne Zugbrücke betraten, blickte

Wannafee traurig nach oben, hinauf zu den majestätischen Mauern der Festung.

»Diese Wehranlage wurde so mächtig gebaut, damit sie den Magiern Schutz vor Angreifern bietet«, sagte sie. »Keiner hat damit gerechnet, dass die Bedrohung von innen kommen könnte …«

Der Abend brach an, und Dunkelheit hüllte die Festung ein. Nur der Mond warf noch einen blassen Schein auf die Mauern. Durch das Tor kamen ihnen vier Trolle mit Fackeln entgegen und führten sie ins Innere.

Sobald sie durch das Haupttor gegangen waren, wurden Wannafee und ihre Begleiter von einem jungen Magier aufgefordert, alle Waffen abzulegen. Frappel und Knut mussten ihm ihre Pfeile und Bögen überreichen, Kokoschka Schwert und Lanze und Vergil seine Keule. Danach durften sie in den Hof vortreten.

Dieser war riesig und umringt von einem offenen Bogengang. Alle paar Schritte standen Säulen, an denen Fackeln befestigt waren. Ihr Licht spiegelte sich in den durch Wasser und Wind glatt polierten Basaltblöcken. Auf beiden Seiten des Innenhofs standen Reihen von Trollen und Ogern.

Widukind saß auf einem thronähnlichen Stuhl mit hoher Lehne, der wiederum auf einem erhöhten

Podest stand. Rechts und links hinter ihm standen junge Magier, die ihn umgaben wie Höflinge ihren König. In seinem langen Gewand aus glänzendem schwarzen Stoff und seiner goldenen Kette um den Hals sah er aus wie ein grausamer, düsterer Herrscher, der auf die Huldigung seiner Untertanen wartete. Mit einem versteinerten Gesichtsausdruck blickte er der Gruppe entgegen, dann huschte ein triumphierendes Lächeln über seine Lippen. Eri fielen besonders seine schwarzen, kalt glimmenden Augen auf. Das Feuer darin spiegelte puren Hass wider. Dieser Mensch war böse bis ins Mark.

Neben dem Podest stand ein großer Käfig, in dem Menschen eingesperrt waren. Eri schrie fast auf, als sie Mafalda erkannte. Die Flüsterin hielt sich mit beiden Händen an den Eisenstangen fest und schaute angespannt in den Hof. Die anderen Gefangenen waren vier grauhaarige Männer mit faltigen, eingesunkenen Gesichtern. Auch Mafalda war blass und ausgemergelt. Sie sah den Neuankömmlingen entgegen und bewegte ihre Lippen, als wollte sie ihnen etwas sagen.

»Die vier alten Männer im Käfig, das sind die Obersten der Vier Türme«, erklärte Frappel leise. »Der Hohe Rat der Magier.«

Als sie die Mitte des Hofs erreicht hatten, blieben

sie stehen. Wannafee, die immer noch die Gruppe anführte, sprach für alle: »Widukind! Ein letztes Mal fordere ich dich auf, zur Besinnung zu kommen. Der Weg, den du gehst, führt ins Verderben. Kehr um! Befreie die Gefangenen und verlass die Vier Türme, dann kommst du vielleicht mit dem Leben davon.«

Als Antwort prallte das krächzende Gelächter des Zauberers gegen die gewaltigen Mauern der Festung. Er lachte so lange, dass sie fast schon dachten, er würde nie mehr aufhören. Auch die um den Thron stehenden jungen Magier lachten, spotteten über die Forderung und klopften sich mit dem Finger an die Stirn.

»Das reicht!«, rief Widukind ihnen schließlich missgelaunt zu, als er sich beruhigt hatte. »Oder auch ihr bekommt meinen Zorn zu spüren! Und du, Hexe«, fügte er dann an Wannafee gewandt hinzu, »du besitzt tatsächlich die Frechheit, Forderungen zu stellen? Du kannst froh sein, wenn ich euch gnädig von hier gehen lasse. Aber reiz mich nicht, sonst überlege ich es mir noch anders!«

Er warf der kleinen Gruppe einen so wütenden und irren Blick zu, dass sie vor ihm zurückwichen wie vor einer Feuerwand. Nur Frappel stand ruhig da und blickte nach oben in den sternenbehangenen Himmel.

»Jetzt wäre ein guter Zeitpunkt«, flüsterte er Wannafee zu.

Die gute Hexe nickte unmerklich, während sie weiterhin den Zauberer anstarrte. Auch sie ließ sich durch seine Drohungen nicht einschüchtern. Sie griff in ihre Tasche, holte etwas Schwarzes heraus und umklammerte es mit ihrer Hand. Dabei murmelte sie leise etwas vor sich hin. So wie Frappel warf sie einen schnellen Blick nach oben, senkte ihn aber sofort wieder, als wollte sie keine Aufmerksamkeit darauf lenken.

Widukind streckte seinen Arm aus und zeigte auf Eri.

»Komm her!«, donnerte er. »Zeig mir den Drachen!«

Das Mädchen blickte fragend zu Wannafee, die aber mit etwas anderem beschäftigt war. Ihre rechte Hand war so fest zur Faust geballt, dass ihre Knöchel weiß hervortraten. Sie flüsterte jetzt immer fieberhafter. Eri hörte einzelne unverständliche Wortfetzen. Sprach die Hexe etwa einen Zauberspruch?

Frappel, der bisher bei Wannafee gestanden hatte, schob sich unmerklich an Eris Seite.

»Geh zu ihm und tu, was er sagt, aber ganz langsam«, hauchte er Eri ins Ohr. »Du musst auf Zeit spielen. Sie braucht nur noch ein paar Minuten.«

Eri verstand nicht, wovon er sprach, aber sie vertraute Frappel und machte gehorsam ein paar Schritte auf Widukind zu. Dann blieb sie stehen, stellte den Korb langsam auf dem Pflaster ab und hob ein paar Tücher an. Micha war wach und streckte sofort seinen Kopf heraus. Er sah Eri an, dann warf er Widukind einen Blick zu. Offensichtlich wusste er nicht, was man von ihm wollte. Der Schwarzmagier riss seine Augen gierig auf und streckte seine langen, gekrümmten Finger nach dem kleinen Drachen aus.

»Gib ihn mir«, rief er krächzend. »Gib mir den Drachen!«

Micha legte seinen Kopf schief. Was er sah, schien ihm nicht zu gefallen, denn er runzelte seine Nase, schnaufte laut, sprang aus dem Korb und versteckte sich hinter Eri.

»Hmpff«, schnaubte er und fletschte seine Zähne wie ein Hund. Eri strich ihm beruhigend über sein Köpfchen.

Der erzürnte Zauberer knirschte hörbar mit den Zähnen. Er war kurz davor, die Fassung zu verlieren. Vor lauter Ärger schwollen sogar die Adern auf seiner Stirn an.

»Gut. Das werden wir gleich haben, schon bald wirst du mir gehorchen, du kleines Scheusal«, zischte er und klammerte sich mit seinen Klauen an die

Stuhllehnen. Dann sagte er zu Eri: »Sprich mir nach: ›Ich nehme den Namen zurück, den du von mir bekamst …‹«

Eri erkannte, dass er vor Wut fast platzte. Er schnappte nach Luft und presste die Worte nur mit Mühe heraus. Aber obwohl sie sich vor Angst kaum auf den Beinen halten konnte, schwieg sie. Soll dieser Unmensch seinen Ogern doch befehlen, sie in Stücke zu reißen, sie wird ihm Micha niemals ausliefern. So wie sie niemals ihren Bruder aufgeben würde.

»Sprich: ›Ich nehme den Namen zurück …‹ Warum sagst du nichts? Bist du stumm, oder was?«

Sie starrte entschlossen in seine schwarzen, irre funkelnden Augen und konzentrierte sich auf ihre stillen Gedanken: »Du wirst mich nicht brechen, auch nicht mit der ganzen Bosheit dieser Welt.« Widukind warf sich auf seinem Stuhl herum. Eris Schweigen brachte ihn immer mehr aus der Fassung.

»Du wagst es, mir zu widerstehen?! Du kleiner, wertloser Wurm!«, brüllte er wie von Sinnen und schlug mit der Faust auf die Armlehne. »Denk dran, ich brauch nur einen Finger zu heben, und die Trolle machen Hackfleisch aus euch! Sprich, wenn dir dein Leben lieb ist!«

Eri fühlte, wie der hinter ihren Beinen kauernde Micha am ganzen Leib zitterte. Und seltsamerweise gab ihr die Angst des kleinen, unschuldigen Drachen neuen Mut.

»Das werde ich nicht tun!«, rief sie dem Schwarzmagier entgegen. »Und sollte es mich mein Leben kosten!«

Widukind erstarrte. Er schaute das Kind ungläubig an, dann brach er in schallendes Gelächter aus.

»Nichts leichter als das«, sagte er kalt und winkte mit einem krallenartigen Finger die Wächter herbei. Doch bevor sich die Trolle in Bewegung setzen konnten, ging Wannafee dazwischen.

»Nicht so schnell! Bei deiner Jagd nach dem Drachen hast du etwas vergessen. Etwas sehr Wichtiges.«

Plötzlich legte sich ein Schatten über den Hof, so als hätte sich eine große Wolke vor den Mond geschoben. Widukind starrte die gute Hexe beunruhigt an.

»Wovon redest du?«, fragte er. »Was hab ich vergessen?«

Der Schatten verdunkelte sich, und man hörte das Schlagen von Flügeln.

»Das hier!«, rief Wannafee. Eri drehte sich zu ihr um und sah, wie sie etwas nach Widukind warf. Vor seinen Füßen auf dem Hofpflaster landete ein Stück Drachenschale. Das Geräusch donnernder Flügelschläge war jetzt ohrenbetäubend.

Der Schwarzmagier sprang auf. Er traute seinen Augen nicht.

Keiner tat es.

Ein majestätischer Drache mit gewaltigen scharlachroten Flügeln glitt zu ihnen herab. Starke Windböen schlugen den im Hof stehenden Zuschauern in die Gesichter. Der Drache war so groß, dass er die ganze Mitte des Festungshofs einnahm. Er war beeindruckend schön, mit einem langen, schlanken Hals und einem wohlgeformten Kopf, auf dem ein smaragdgrüner Kamm saß. Sein Körper war mit blassgrünen Schuppen bedeckt, die das Licht des Mondes zurückwarfen. Am meisten beeindruckten Eri seine hellgrünen, fast menschlichen Augen. Sie sahen intelligent aus, wie die von Micha. Und gleichzeitig sehr zornig.

Der Drache streckte seine Vorderbeine und blickte zuerst zu Eri. Als er hinter ihren Beinen den hervorguckenden Micha entdeckte, wurde sein Blick sanft, ja sogar zärtlich. Das Drachenkind schaute ganz erstaunt zurück. Dann hüpfte und piepste es ganz aufgeregt.

Als der große Drache seinen Blick auf Widukind senkte, wurde der Zauberer bleich im Gesicht und fing an zu zittern. Seine Augen waren vor Entsetzen geweitet und sein Mund geöffnet, als wollte er etwas sagen. Aber er schaffte es nicht mehr, denn in dem Moment wurden er und die umstehenden Magier von einem Feuerstrahl verschlungen.

Daraufhin hörte man lautes Scheppern, als Widukinds Wachen ihre Waffen zu Boden warfen und Hals über Kopf aus der Festung flohen, weit weg von der feuerspeienden Bestie. Der Drache machte sein Maul wieder zu und schluckte den letzten Feuerball hinunter. Er drehte sich zu den Wartenden um und sah sie fragend an. Alle fühlten seinen durchdringenden Blick auf sich, aber niemand brachte ein Wort heraus. Bis auf den furchtlosen Ritter.

»Ein Drache!«, rief Kokoschka entzückt. »Ein richtiger Drache!«

Eri konnte sich nicht richtig freuen, sie fühlte ein Drücken im Herzen. Ihre Freunde sprangen und riefen fröhlich durcheinander, aber ihr war nach Weinen zumute.

Sie hatte begriffen, dass ihr Leben zwar gerettet, aber Micha für sie verloren war.

Denn vor ihr stand Michas Mutter.

15. Abschied

Eri saß mit Mafalda auf der Wiese, am Fuße des grasbewachsenen Walls, der den Festungsgraben von der Landseite umgab, ihre Rücken der Festung zugewandt. Die morgendliche Sonne war schon ein gutes Stück in den Himmel geklettert und wärmte angenehm ihre Gesichter.

Von ihrem Platz aus hatten sie nicht nur einen guten Blick auf die Düsterberge, sondern auch auf einen Teil Arkadiens und den Rand des Fandorwalds. Sie schwiegen vor sich hin und erfreuten sich einfach an der kristallklaren Luft und dem Duft der blumigen Bergwiese. Der Tag versprach, wunderschön zu werden.

Eri war noch immer aufgewühlt. Die Erlebnisse der letzten Nacht standen ihr noch deutlich vor Augen. Widukinds Drohungen, das überraschende Erscheinen der Drachenmutter, der Flammentod des Schwarzmagiers, die Flucht der Trolle, die Freudenschreie ihrer Freunde, die Vereinigung von Mutter und Kind … Dazu kamen so viele Fragen, die sie immer noch beschäftigten.

Sie schaute rüber zu Mafalda. Die Flüsterin hielt ihr Gesicht mit geschlossenen Augen der Sonne entgegen. Seit ihrer letzten Begegnung in der Waldhütte hatte sie sich verändert. Auf ihrer glatten Stirn waren einige Falten erschienen, und in ihrem rabenschwarzen Haar konnte man ein paar graue Strähnen entdecken. Die Erlebnisse der letzten Wochen hatten sichtbare Spuren hinterlassen.

Mafalda spürte Eris Blick und wandte sich ihr lächelnd zu.

»Nur zu, raus mit all deinen Fragen.«

Eri dachte darüber nach, was sie zuerst wissen wollte.

»Du und Wannafee habt das alles geplant … Von Anfang an? Wusstet ihr, dass die Mutter von Micha lebt?«

Mafalda schwieg einen Moment, ordnete ihre Gedanken.

»Diese Geschichte hat schon vor Jahrhunderten ihren Anfang genommen«, antwortete sie langsam und mit Bedacht. »Damals, als der Krieg gegen die Drachen fast zu Ende war. Die Menschen hatten unter der Führung von Tristan und mit der Unterstützung von Zauberern und Hexen in einer letzten Schlacht die Drachenarmee Dragomirs besiegt. Das weißt du ja schon aus den Legenden. Was die Legenden aber nicht verraten, ist, dass die Partnerin von Dragomir die mächtige Meris war. Nach dem Tod ihres Lebensgefährten, als die letzten Drachen aus unserer Welt flohen, blieb sie noch so lange in den Düsterbergen, wie es für das Ablegen ihres Eis nötig war. Ja, meine liebe Eri«, sagte die Flüsterin, die die Verwunderung des Mädchens sah, »dein Micha ist der Sohn des legendären Drachen Dragomir, dem Anführer der Drachenarmee.«

Bis jetzt hatte Eri sich keine Gedanken darüber gemacht, wessen Kind der kleine Micha wohl sein mochte. Nie im Leben hätte sie es für möglich gehalten, dass der süße Winzling ein Nachkomme des gefährlichsten aller Drachen sein könnte.

»Die Drachenmutter konnte das Ei nicht mit sich nehmen«, fuhr Mafalda fort. »Denn es lag ein langer und gefährlicher Weg zu dem Rückzugsort der noch übrig gebliebenen Drachen vor ihr. Sie versteckte es also in einer Berghöhle und nahm sich vor, wiederzukommen, wenn ihr Kind aus dem Ei schlüpfen würde. Und es ist so, dass eine Drachenmutter darauf einige Jahrhunderte warten muss. Für einen Menschen sind das viele Generationen, für einen Drachen nur ein Bruchteil seines langen Lebens. In den Augen dieser Wesen gleichen einzelne Menschen einer Eintagsfliege …«

Mafalda unterbrach sich und blickte mit einer Hand über den Augen in Richtung Arkadien, als würde sie dort jemanden erwarten.

»Ich wusste, dass Meris in die Düsterberge gekommen war und nach ihrem vor Jahrhunderten versteckten Ei suchte. Eine Mutter weiß immer, wenn die Geburt ihres Kindes nahe ist. Ich habe meine Schwester eingeweiht, und zusammen haben wir beschlossen, dieses Wissen gegen Widukind einzusetzen. Wie du gesehen hast, konnte Wannafee die Drachenmutter mithilfe der Eierschale rufen, die Frappel aufbewahrt hatte. Unser Plan war, den Zauberer im Moment seines größten Triumphs zu überraschen, dann, wenn er es am wenigsten erwartete … Und der Plan ging auf, vor allem dank dir, liebe Eri. Du hast das Ei und später den geschlüpften Drachen gesund nach Lyria gebracht. Widukind war von der Gier, das Ei in seine Hände zu kriegen, so geblendet, dass er die Drachenmutter ganz vergessen hat. Für diesen Fehler hat er teuer bezahlt.«

Mafalda schwieg, während beide an das Feuer dachten.

»Er starb einen schrecklichen Tod, das ist wahr, aber er war sehr böse und hätte noch sehr viel Leid über die Welt gebracht. Nur so konnten wir das verhindern …«

Eine Frage hatte Eri noch auf dem Herzen, eine sehr wichtige, auf die sie noch keine Antwort hatte.

»Und was wird jetzt aus mir? Und aus Micha?«

Ganz in der Nähe knabberte Feder an einem Grasbüschel. Als das Reh die Stimme des Mädchens hörte, kam es und legte seinen Kopf auf Eris Knien ab. Eri streichelte es zärtlich und dachte nach.

Dann fühlte sie Mafaldas leichte Berührung auf dem Arm. Sie sah zu der Flüsterin, in deren Augen Bedauern lag.

»Ich möchte dich um Verzeihung bitten, liebe Eri. Ich habe eine Last auf deine Schultern gelegt, die sogar für viele Erwachsene zu schwer gewesen wäre. Ich habe dich vielen Mühen ausgesetzt, und das Abenteuer hätte auch mit deinem Tod enden können. Ich hoffe, du kannst es mir eines Tages vergeben.«

Eri hatte es ihr schon längst vergeben. Ein Blick in den Abgrund, der sich in Widukinds Augen auftat, reichte ihr dafür. Michas Rettung war jedes Opfer wert gewesen.

Aus dem Tor der Festung, das jetzt von Wannafees Wichteln bewacht wurde, trat eine große rothaarige Frau, Meris. Erwachsene Drachen, so hatte es Mafalda erklärt, konnten jede Gestalt annehmen, sogar die eines Menschen. Meris trug Micha im Arm, der breit gähnte. Nach seinem Frühstück war er einem Schläfchen ja meist nicht abgeneigt. Sie ging über die Zugbrücke, betrat den Wall und dann den Pfad, der entlang des Festungsgrabens verlief.

»Ein Sohn sollte bei seiner Mutter sein«, sagte Mafalda mit Blick auf die sich nähernde Frau. »Du verstehst das sicher.«

Eri verstand es nur zu gut. Auch sie wollte zurück zu Mama, Papa, ihren Brüdern … Sie sehnte sich nach ihrem Zuhause.

»Ich weiß, dass du Micha sehr lieb gewonnen hast, und es wird sicher schwer für dich, ihn gehen zu lassen. Aber du musst dich an den Gedanken gewöhnen, dass er in die Welt der Drachen gehört. Er hat von Anfang an dorthin gehört. Euer Abschied ist jedoch nicht für immer. Die Verbindung, die zwischen euch besteht, ist und bleibt unauflöslich.«

Die Frau kam immer näher. Sie war groß, hatte feuerrotes Haar, das in Wellen ihren Rücken herabfiel, ein längliches, ausdrucksvolles Gesicht und hell schimmernde Haut. Ihre Schönheit war atemberaubend, fast schon überirdisch. Sie strahlte die kühle Vollkommenheit einer Marmorskulptur aus. Nur die grünen Augen, mit denen sie Eri ansah, waren warm und freundlich wie die eines Menschen. Der in ihren Armen liegende Micha wurde beim Anblick des Mädchens wieder munter. Er hob seinen Kopf und fiepte freundlich. Meris stellte sich neben die beiden und hörte zu, als Mafalda fortfuhr: »Der Krieg, der vor Jahrhunderten zwischen den Menschen und den Drachen ausbrach, hat viel Leid mit sich gebracht. Wir, die Zauberer und Magier dieser Festung, haben uns sehr lange mit der Frage beschäftigt, wie es dazu kommen konnte. Dabei ist die Antwort so einfach: Auf beiden Seiten fehlte es an Verständnis. Wir Menschen haben die Drachen nicht verstanden und sie uns ebenso wenig. Und wenn man einander nicht versteht und nichts über den anderen weiß, führt das zu Angst voreinander. Und diese Angst auf beiden Seiten war der Grund dieses furchtbaren Krieges.«

Meris nickte schweigend.

»Deshalb, meine liebe Eri, ist deine Verbindung

zu Micha eine große Chance für uns alle. Zum ersten Mal in der Geschichte hat ein Mensch ein Bündnis mit einem Drachen geschlossen. Das macht Hoffnung für die Zukunft, denn damit ist der Weg bereitet, einander besser kennenzulernen. Nur so ist Frieden möglich.«

»Das sehe ich auch so.« Die Stimme von Meris war tief und ruhig, auch wenn sie etwas metallisch, nicht richtig menschlich klang. »Ich bin dir sehr dankbar, Eri, dass du dich um meinen Sohn gekümmert hast. Das werde ich dir nie vergessen. Und wie Mafalda schon sagte, vielleicht ist das der Beginn einer neuen Zeit des Friedens zwischen Menschen und Drachen.«

Das Drachenkind drehte sich unruhig in den Armen seiner Mutter und blickte von ihr zu Eri und wieder zurück, als könnte es sich nicht entscheiden, zu wem es gehen sollte. Die Zerrissenheit des Kleinen tat Eri in der Seele weh. Auch sie wollte sich nicht von Micha trennen, aber sie wusste, dass sein Platz bei Meris war. So wie Eris Platz bei ihrer Mutter war. Eri stellte sich neben Meris und streichelte ihrem kleinen Schützling und Freund mit Tränen in den Augen sanft über sein Köpfchen. Auch Micha sah sie aus feuchten Augen an und wimmerte leise.

»Ich werde dich immer lieb haben«, flüsterte ihm

Eri ins Ohr. »Du bleibst immer mein kleiner Bruder.«

»Glum ga«, antwortete das Drachenkind und brach in lautes Weinen aus, ganz wie ein menschliches Kind.

Meris entfernte sich, um ihren weinenden Sohn zu trösten.

Kurz darauf erschienen im Tor der Festung sechs Gestalten. Eri sah Skratsch, Vergil, Frappel, Knut sowie das unzertrennliche Gespann aus Kokoschka und seinem Knappen Passek und winkte ihnen allen zu.

Bevor die Gruppe sich den beiden näherte, nahm Mafalda Eris Hand und sah ihr ernst in die Augen.

»Die Zeit des Abschieds ist gekommen, liebe Eri. Du kannst jetzt bald nach Hause gehen. Und wenn du das Wiedersehen mit deiner Familie ausgiebig gefeiert hast, komm zu mir in meine Waldhütte. Wir werden dann mit deiner Ausbildung beginnen. Du wirst einiges über deine Gabe erfahren und viele andere Dinge und Geheimnisse … Ob du willst oder nicht, du bist zu etwas Besonderem berufen, so wie Wannafee, ich und viele andere. Später wirst du deine Lehre in der Festung der Vier Türme fortsetzen. Eins muss dir klar sein: Dein Leben wird anders verlaufen als das deiner Eltern und deiner Brüder. So wie das Leben aller Wissenden.«

Eri hörte Mafalda zu und begriff, dass etwas Unumkehrbares mit ihr passiert war. Nichts würde mehr so sein wie vorher.

Sie schaute zu ihren Freunden, ihren treuen Weggefährten: Da war Frappel, der Gnom mit dem großen Herzen, ohne den sie gegen Widukind keine Chance gehabt hätte. Sein kluger und kämpferischer Cousin Knut. Vergil, der sanfte Riese mit der Seele eines Dichters. Der lebenskluge Skratsch, der viel Ungutes erfahren musste, aber nie seinen Humor verloren hatte. Feder, das Reh, das nie von ihrer Seite wich, und schließlich der ehrenhafte Ritter Kokoschka und sein Ratgeber Passek. Eri hatte sie alle lieb gewonnen, und ihr war klar, wie sehr jeder Einzelne von ihnen ihr bei ihrer Aufgabe geholfen hatte. Es tat ihr weh, wenn sie daran dachte, sich bald von ihnen verabschieden zu müssen.

»Leb wohl, tapfere Eri«, sagte Frappel, als er vor ihr stand. »Wir haben unsere Aufgabe erfüllt, und Knut und ich kehren nun in die Felsenstadt zurück. Da gehören wir hin, dort, wo unser Volk ist.«

Sie drückte die beiden Gnome herzlich und versuchte gar nicht erst, ihre Tränen zurückzuhalten.

»Bleib dir treu, Eri«, sagte Frappel und erwiderte die Umarmung. Auch er war gerührt. »Ich werde dich nie vergessen.«

Skratsch verbeugte sich tief wie vor einer feinen Dame und fegte dabei mit seiner Mütze über den Boden.

»Alles Gute, liebe Eri«, sagte er. »Ich weiß, du wirst immer so gut zu anderen sein, wie du es zu mir warst.«

Sie erwiderte seine Höflichkeit mit einem feinen Knicks.

»Was wird jetzt aus dir? Wohin gehst du?«, fragte sie.

Statt zu antworten, lächelte er bloß und strich sich zufrieden über seinen Wichtelbart. Vergil sprach für ihn: »Wannafee hat ihm eine Stellung als Hausverwalter und Oberster aller Wichtel angeboten. Er hat sein Glück gemacht, keine Frage. Und auf mich wartet auch Arbeit bei Warna. Mein Kopf platzt vor lauter neuen Reimen.«

Zum Beweis legte er eine Hand auf die Brust und trug mit Inbrunst vor:

Lasst mich erzählen von Eri, der Kleinen
– klug war sie, mutig und mochte nicht weinen –
und vom grausamen Schuft Widukind,
der nur im Sinn hatte, so wollt es scheinen,
wo er einen feinen Drachen findt.

Kokoschka drängte sich in seiner scheppernden Rüstung nach vorne. Ihm war anzusehen, dass er etwas Wichtiges zu verkünden hatte.

»Du sollst wissen, teuerste Eri, dass ich deinetwegen meine Meinung über Drachen geändert habe. Diese Geschöpfe sind viel zu schön und zu edel, um Jagd auf sie zu machen. Damit ist für mich endgültig Schluss. Der Drachenwinzling und seine Mutter haben von mir nichts mehr zu befürchten.«

Eri nickte lächelnd zu seinem Entschluss. Dann bemerkte sie jedoch, dass der Ritter auf einmal etwas verloren aussah. Er stand mit gesenktem Kopf da und wusste offensichtlich nichts mit sich anzufangen. Da kam ihr eine Idee.

»Das ist ein wunderbarer und sehr richtiger Entschluss«, lobte sie. »Aber du kannst mehr tun, wie ich finde. Micha und seine Mutter werden ab sofort Schutz und Hilfe von einem würdigen und edlen Ritter brauchen. Wäre das nicht eine Aufgabe, wie geschaffen für einen Ehrenmann wie dich?«

Der verblüffte Kokoschka hob seinen Kopf, blickte von Eri zu Meris, der es schließlich gelungen war, ihren Kleinen zu beruhigen.

»Ich wäre Euch für Euren Schutz und Eure Hilfe zutiefst dankbar«, sprach Meris mit dem Anflug eines Lächelns.

Der Ritter Kokoschka, der seinen Blick nicht von ihr abwenden konnte, legte seine rechte Hand auf die Brust und verbeugte sich galant.

»Oh, wie wunderbar!«, rief Passek entzückt. »Ich werde beobachten können, wie ein Drache heranwächst. Welch Glücksfall für die Wissenschaft!«

Mafalda fasste Eri sanft bei der Hand und zog sie ein paar Schritte mit sich, die Blumenwiese hinab, die sich vor dem Hügel erstreckte.

»Du solltest jetzt gehen, Eri, solange der Kleine noch schläft«, sagte die Flüsterin. »Sieh mal, dort auf dem Weg nähern sich zwei Wanderer aus Arkadien.«

Eri schaute in die gezeigte Richtung und sah zwei Gestalten näher kommen. Die beiden Wanderer, der eine groß und schlank, der andere kleiner und kräftiger, waren noch recht weit weg, Eri kamen sie aber irgendwie bekannt vor.

»Ja, meine Liebe, deine Augen und dein Gefühl täuschen dich nicht: Das sind dein Vater und dein Bruder Janis. Wannafee und ich haben ihnen Bescheid gegeben, dass du hier in der Festung bist. Und da mit Widukind auch all seine abscheulichen Wacken fort sind, konnten sie schnell den direkten Weg zu uns nehmen. Zugegeben, Wannafee und ich haben da mit vereinten Kräften auch noch ein bisschen nachhelfen können.« Wannafee zwinkerte und fügte hinzu: »Sie kommen, um dich nach Hause zu holen.«

Eri schnappte nach Luft. Ihr Hals zog sich vor Rührung zusammen. Papa! Janis! Noch nie im Leben hatte sie sich so gefreut. Sie würde bald zu Hause sein! Bei Mama, Micha … den Lieben, die sie vor gar nicht so langer Zeit verlassen hatte. Und doch kam es ihr vor, als würden sie zu einem anderen, früheren Leben gehören.

Eri sah sich um. Ihre Freunde hoben ihre Hände und winkten zum Abschied. Sie lächelten ihr aufmunternd zu.

»Lauf, Eri!«, sagte Mafalda. »Sie warten auf dich.«

Eri stieß die Luft aus, die sie angehalten hatte. Die beiden Männer waren näher gekommen. Jetzt konnte Eri sie genau erkennen, den Vater, wie immer etwas gebeugt, mit Axt und Säge unter dem Arm, und neben ihm den gertenschlanken Janis, mit Schaffell auf dem Rücken und Hirtenstab in der Hand.

Eri rannte ihnen entgegen, so schnell ihre Beine sie trugen.

Das Mädchen, das noch nie Angst vor dem Wald hatte, kehrte nach Hause zurück.

Jacek Inglot ist Redakteur, Pädagoge und ein vielseitig begabter Autor. Er veröffentlichte bereits eine Reihe von Science-Fiction-Büchern, schreibt aber auch realistische Erzählungen und historische Romane. Zweimal wurde er schon für den Janusz-A.-Zajdel-Preis nominiert. *Eri und das Ei des Drachen* ist sein erstes Kinderbuch.

Anita Graboś studierte an der Akademie der Bildenden Künste in Warschau. Sie hat eine Vorliebe für Linolschnitte und märchenhafte Bilder, in denen es viele Details zu entdecken gibt.

Eri und das Ei des Drachen

gibt es auch zum Hören!

Jacek Inglot
Eri und das Ei des Drachen
Gelesen von Julia Nachtmann
1 mp3-CD
17,00 € [D] | 17,50 € [A]
ISBN 978-3-96117-065-6

Julia Nachtmann erweckt
Eri, Frappel, Skratsch und die anderen Abenteurer
mit ihrer Stimme zum Leben.